이 책에서 만나 볼 수 있는 곤충들!

뿔소똥구리(수컷) | 몸 길이는 21∼30mm. 소의 똥 밑에 굴을 파고 들어가 알을 낳는다. 동물의 똥을 먹고 살며 6∼8월에 활동한다. 주로 밤에만 다니는 야행성이다.

푸른부전나비 | 작고 섬세하다. 날개를 펴면 길이가 18∼38mm 정도. 빨리 날며 무지갯빛 날개를 갖고 있다.

네발나비 | 야산 같은 곳에서 봄에서 늦가을까지 볼 수 있는 생활력 강한 나비. 앞다리가 퇴화하여 두 쌍의 다리로만 걸어다녀서 붙여진 이름이다.

물장군 | 몸 길이는 48∼65mm. 강한 앞다리로 먹이를 잡고 가운뎃다리와 뒷다리로 수영한다. 저수지와 같은 고요한 물가에 살고 초여름에 수면에 떠 있는 수초 줄기에 알덩이를 낳는다.

개미귀신 | 명주잠자리의 유충. 흉측하게 생긴 이 녀석은 개울가 모래밭에 원추형 구덩이를 파고 그 속에 빠지는 개미나 작은 곤충을 잡아먹고 산다. 모래 밖으로 끄집어내면 죽은 척하는 게 특기.

똥파리 | 몸 길이는 19mm. 이른 봄과 늦가을에 많이 발생하고 사람과 동물의 똥에 즐겨 모인다. 작은 벌레를 잡아먹기도 한다.

길앞잡이 | 산길을 걷다 보면 몇 발짝 앞서가는 이 녀석을 만날 수 있다. 다가가면 날아가 몇 발짝 앞에 내려 앉곤 하는 장난꾸러기.

땅강아지 | 몸 길이는 29~31mm. 머리는 작고 가슴은 크고 튼튼하며 앞다리는 좌우로 접었다 폈다 할 수 있어서 땅을 파기에 알맞게 되어 있다. 주로 밤에 농작물에 피해를 입힌다.

무늬하루살이 | 몸 길이는 20~25mm. 다 자란 성충은 4월에서 5월 사이에 우화하여 7월까지 볼 수 있다. 유충은 하천의 중류 지역에서 모래나 흙바닥 또는 낙엽층의 속으로 파고 들어가 생활한다.

꿀벌 | 보통 양봉꿀벌을 말한다. 몸 길이가 약 1.2cm이지만 계급에 따라 크기가 다르다. 2개의 큰 겹눈과 3개의 홑눈은 머리 꼭대기에 있다. 2개의 더듬이는 예민하게 냄새를 감지한다.

산왕거미 | 몸 길이 15~30mm. 집 근처나 산지, 야외 등에 서식하며 먹이를 잡기 위해 저녁에 크고 둥근 거미줄을 치고 아침에 걷는다. 지역에 따라 그대로 두는 것도 있다.

일본왕개미 | 몸 길이 6~18mm. 인가 주변에 서식하며 가장 흔히 볼 수 있는 개미이다. 화초와 농작물에 진딧물을 길러 피해를 준다. 직접 사람을 공격하지는 않지만, 개미집을 건드리면 사람을 무니까 조심!

방아깨비 | 몸 길이 54~89mm. 메뚜기목 메뚜기 과에 속하며 뒷다리를 잡고 있으면 마치 방아를 찧는 것처럼 아래위로 움직여서 이런 이름이 붙었다.

장수풍뎅이 | 몸 길이 48~65mm. 수컷의 머리가 장수가 투구를 쓰고 있는 것과 비슷하다 하여 투구벌레라고도 한다. 발에 날카로운 발톱이 있어 나무를 잘 타고 오른다.

왕파리매 | 몸 길이 20~28mm. 날아다니는 곤충들 대부분을 잡아 체액을 빨아 먹는다. 비행 곤충들에게는 공포의 대상이다.

참검정풍뎅이 | 몸 길이 16~18mm. 각종 농작물과 묘목의 해충으로 유명하다. 불빛에 잘 모여들고 풍뎅이 류 중 우리나라에서 가장 흔히 볼 수 있는 종이다.

연노랑풍뎅이 | 몸 길이 약 11mm. 풍뎅이 류 중 가장 흔한 종이다. 여러 식물의 잎을 갉아 먹고 모와 모종에 피해를 준다.

무당벌레(번데기) | 몸 길이 약 7mm. 무당벌레 성충을 손으로 잡으면 나쁜 냄새를 내는 노란 액체를 뿜는다.

칠성무당벌레 | 몸 길이 5~8.5mm. 등에 점이 7개라서 붙여진 이름이다. 진딧물을 잡아 먹고 살며 우리나라에서 서식하는 무당벌레 류 중 가장 흔한 종이다.

참매미 | 몸 길이 약 36mm. 날개 편 길이 59mm. 나무의 수액을 빨아 먹으며 산다. 울 때는 날개를 약간 벌리고 배를 위로 올리면서 소리를 낸다.

노빈손

곤충세계의
마법을 풀어라

사진제공

김성민(방아깨비), 이현미(길앞잡이, 산왕거미), 안숙자(장수풍뎅이), 지경옥(꿀벌)

김상수(일본왕개미, 똥파리, 무늬하루살이), 김춘금(참매미, 무당벌레번데기), 조식제(네발나비)

김상윤(개미귀신), 안수정(푸른부전나비), 김태우(물장군), 김원근(연노랑풍뎅이, 참검정풍뎅이)

최득수(뿔소똥구리), 정규택(땅강아지, 왕파리매, 칠성무당벌레)

노빈손 곤충세계의 마법을 풀어라

초판 1쇄 펴냄 2008년 3월 30일

초판 7쇄 펴냄 2012년 1월 9일

지은이 강산들

일러스트 이우일

감수 김태우

펴낸이 고영은 박미숙

상무 김완중 ｜ 편집장 인영아

뜨인돌기획팀 이준희 김영은 김현정 홍신혜 ｜ 어린이기획팀 이경화 이슬아 여은영

세모길기획팀 박경수 이진규 ｜ 디자인실 김세라 오경화

마케팅팀 이학수 오상욱 진영수 김은숙 ｜ 총무팀 김용만 고은정

펴낸곳 뜨인돌출판(주)

출판등록 1994.10.11(제313-2011-185호)

주소 121-840 서울시 마포구 서교동 396-46

홈페이지 www.ddstone.com ｜ 노빈손 홈페이지 www.nobinson.com

블로그 blog.naver.com/ddstone1994

대표전화 02-337-5252 팩스 02-337-5868

ISBN 978-89-5807-226-3 03810

(CIP제어번호 : CIP2010000956)

신나는 노빈손 ★ 생태 시리즈

노빈손
곤충세계의
마법을 풀어라

강산들 지음 | 이우일 일러스트 | 김태우 감수

뜨인돌

들어가는 글

곤충의 조상이 바다에서 왔다구?

물이 생명의 근원인 거 알지? 지구 생명체들은 바다 속에서 처음 태어났어. 그러던 어느 날, 바다 식물이 육지로 올라오기 시작했지. 그러자 그 식물을 먹고 사는 바다 동물도 뒤따라서 육지로 올라왔어. 이때 소라, 새우, 게와 같은 작은 갑각류가 함께 올라왔는데 그들이 바로 곤충의 조상이야.

지구의 터줏대감은 곤충이야

곤충이 얼마나 오래된 생명체인지 실감이 잘 안 나지?

그럼 한번 계산해 봐. 곤충이 지구에 등장한 건 4억 3천만 년 전이야. 공룡이 등장한 것은 2억 5천만 년 전이고, 인간은 고작해야 2, 3백만 년 전에 지구에 나타났다구.

몸집도 작은 곤충이 어떻게 끈질기게 생명을 유지할 수 있었는지 궁금하지?

곤충은 종수가 무지 많아. 지구에 사는 동물 가운데 5분의 4를 차지하고 있거든. 열 마리의 생명체가 있다면 그 중 여덟 마리가 곤충이지! 거기다가 몸집이 작아서 살아가는 데에 무척 유리해. 음식을 조금 먹어도 되고, 천적을 피해서 숨기도 좋잖아. 집을 만들기도 쉽고 말이야.

그뿐인 줄 알아? 날아서 이동할 수 있거든. 언제든지 사랑하는 연인을 찾아 갈 수도 있다구! 그러니 오래오래 살아남을 수밖에.

곤충 세계에 이상한 침입자가 나타났어!

근데 말이야, 4억 3천만 년 동안 평화롭게 살아왔던 곤충 세계에 뜻밖의 침입 자가 나타났어! 노빈손이라구.

머리가 크고 눈은 동그랗고, 아이큐가 절대 몸무게를 넘지 않을 것 같은 친구 인데 제 딴에는 무척 잘생기고 똑똑한 줄 아나 봐. 하긴 뭐, 이 세상 모든 생명체 들이 다 자기 잘난 맛에 사는 거긴 하지만 말이야.

그런데 한 가지 궁금한 게 있어. 정말로 노빈손이라는 친구가 위기에 빠진 곤 충 세계를 구할 수 있을까? 괜히 여기저기 들쑤시고 다녀서 사건만 더 복잡하게 만드는 건 아닐까?

어쨌든 생김새는 그래도 심성은 착한 친구 같으니까 한번 믿어 보지, 뭐.

자, 이제 우리도 슬슬 노빈손의 뒤를 따라서 곤충 세계로 들어가 볼까. 벌써 부터 궁금해지네. 도대체 무슨 일을 벌이고 다닐지 말야.

2008년 봄

강산들

등장인물

노빈손 어느 날 갑자기, 나비 애벌레가 된 우리의 주인공. 개미 보육원에서 배고픈 애벌레 시절을 보낸 후, 세상 밖으로 나와 나비로 탈바꿈하려다 실패하고 만다. 맨땅에 가볍지 않은 머리를 부딪히는 순간, 퍼뜩 떠오른 의문. 대체 누가 날 이 꼴로 만든 거야? 꼬리에 꼬리를 무는 의문들을 파헤칠수록 위험은 점점 다가온다.

나긜라비 고운점박이푸른부전나비. 노빈손과 함께 애벌레 생활을 하다 탈바꿈에 성공하여 멋진 날개를 얻는다. 특별한 사랑을 해보고 싶다며, 숲을 휘젓고 다니며 온갖 곤충과 미팅에 열중. 그러나 바쁜 와중에도 틈틈이 하나뿐인 소중한 동생 노빈손 챙기는 걸 잊지 않는 의리파.

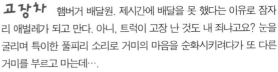

고장차 햄버거 배달원. 제시간에 배달을 못 했다는 이유로 잠자리 애벌레가 되고 만다. 아니, 트럭이 고장 난 것도 내 죄냐고요? 눈을 굴리며 특이한 풀피리 소리로 거미의 마음을 순화시키려다가 또 다른 거미를 부르고 마는데….

하나마나 왕사슴벌레. 싸움꾼으로 소문 나 있지만 사실은 하늘이 무너지면 어떡해? 숲에 불이 나면 어떡해? 세상 모든 곤충들이 나만 미워하면 어떡해? 하며 매일 하나마나한 걱정을 한다. 그러나 결정적인 순간에 뭔가를 보여주는데…. 우람한 생김새와는 달리 겁이 많고 소심하지만 마음씨는 참으로 따뜻한 친구.

허무하당 똥파리라고 부르지 마! 우리의 이름은 찬란한 '금파리'. 파리 제국의 황태자로 태어났으나 일주일 동안의 파티를 끝마치고 삶의 회의를 느껴 출가, 숲의 철학자로 존경받다가 요상 야릇한 노빈손과 마주치는데…

자피주오 개미치고 허리가 굵은 편인, 상상력이 풍부한 개미 정보국 요원. 지금까지 666건의 사건을 해결할 뻔했던, 그다지 유능하지 않은 수사요원. 노빈손을 초록동 보육원 개미 유충 실종사건의 범인이라 단정 짓고 집요하게 따라붙는데…

다알지옹 자손이 세상에 널리 퍼져 있어 세상 모든 일을 꿰뚫고 있는 참매미 할아버지. 진짜?

손커스먼 엄청난 식욕을 지닌 마술사. '인류의 미래에 식량난을 불러일으킬 수 있는 100명의 위험인물' 가운데 한 명. 우연히 마법의 세계에서 흘러나온 『마법완전정복 문제집』을 얻었으나 잠깐의 실수로 해답지는 바람에 날아가 버리고…

배브로 여성 곤충학자. 곤충을 연구하는 게 아니라 닥치는 대로 곤충을 먹어 치우고 있다는 동료 곤충학자의 말에 분개하여 세상에 대한 복수를 꿈꾼다. 수많은 메뚜기를 키우며 복수의 칼날을 간다.

차 례

날자, 한번만 날자꾸나!

나비 애벌레가 된 노빈손

이 세상의 것이라고는 믿어지지 않을 정도로 보드라운 햇살이 얼굴에 내려앉았다. 노빈손은 입이 찢어져라 하품을 하며 길게 기지개를 켰다. 그런데 뭔가 심상치 않은 기운이 느껴졌다. 왠지 몸무게가 줄어든 것 같기도 하고…. 무엇보다 매일 아침 눈을 뜨면 보이던 꽃무늬 벽지 대신 흙 천장이 보였다.

어라? 여긴 어디래?

고개를 돌려 벽을 보니, 그것 또한 흙벽이었다.

"거참, 실내 인테리어 한번 요상하네!"

범상치 않은 일이 벌어질 것 같은 예감과 이미 벌어졌을지도 모른다는 불길함에 사로잡혀 있는데 가까운 곳에서 하늘거리는 목소리가 들려왔다.

"사랑스러운 동생아, 잘 잤니?"

우와, 목소리 예술! 판타스틱한 목소리의 주인공은 대체 누구?

노빈손은 살인 미소를 머금고 천천히 고개를 돌렸다. 눈앞에는 기대했던 미녀 대신에 거대한 적갈색 괴물이 꿈틀거리고 있었다.

"오, 노!"

노빈손은 두 눈을 질끈 감았다.

몸이 허한가? 보약을 먹든지 해야지 원, 이제 헛것이 보이는구나. 그동안 공포 만화를 너무 사랑했나 봐. 아름답고 우아한 현실 세계에 저렇게 무시무시한 괴물이 존재할 리 없지.

몇 차례 심호흡을 하자 벌렁거리던 가슴이 차츰 진정됐다. 노빈손은 슬그머니 눈을 떴다. 무너진 흙벽 사이로 따스한 햇살이 쏟아지고 있었다.

다시 고개를 돌리자 적갈색 괴물이 싱긋 미소를 지었다. 잠이 덜 깼나. 노빈손은 큰 머리를 흔들어 보았다. 그러나 괴물은 사라지지 않았다. 이게 웬 황당 시츄에이션?

노빈손은 용기를 내서 괴물에게 물었다.

"대체… 누구시죠?"

"누구긴 누구겠어, 네 누나지!"

제 딴에는 친한 척하기 위함인지 적갈색 괴물이 빙그레 웃었다.

에그! 차라리 가만이나 있지!

웃는 모습이 오히려 더 공포를 자아냈다. 노빈손은 자꾸만 움츠러드는 어깨를 애써 펴며 다시금 물었다. 긴장해서 말도 잘 나오지 않았다.

"다, 다, 다, 당신이 누나라고?"

"버릇없이 당신이 뭐니, 누나한테! 누나 이름은 사귈라비야. 앞으로 사귈라비 누나라고 불러."

"도, 도, 도대체 당신… 아니, 사귈라비 누나의 정체가 뭐죠?"

노빈손은 초고속으로 머리를 굴려 보았다. 퍼뜩, 떠오르는 게 있었다.

"아, 맞다! 에일리언이죠?"

"그게 뭔데?"

> **나비 이름을 보면 생김새를 알 수 있어**
> 나비는 다섯 종류야. 호랑나비, 흰나비, 팔랑나비, 부전나비, 네발나비. 사귈라비처럼 고운점박이푸른부전나비는 작고 아름다운 부전나비 과에 속해. 날개 전체가 푸른색이고 날개 곳곳에 고운 점이 박혀 있지. 나비 이름은 나비의 생김새와 관계가 있어. 네발나비 과의 네발나비는 앞다리가 퇴화해서 다리가 두 쌍만 남은 나비들. 유리창나비는 날개에 유리창 같은 투명한 창문이 달려 있어서 붙은 이름이야.

"우주 생명체! 우주 공간을 떠돌다 살금살금, 여차여차, 요리조리해서 지구에 침입해 들어왔죠?"

"아니, 난 토종인데…."

"그럴 리가? 초면에 실례지만, 어떻게 그렇게 이상하게 생길 수 있죠?"

"어머, 어머! 애, 말하는 것 좀 봐? 너는 뭐 나하고 별다르게 생겼을 줄 아니?"

사귈라비가 손거울을 꺼내서 코앞에 불쑥 들이밀었다. 거울을 들여다보는 노빈손의 눈동자가 점점 터질 듯이 팽창했다.

말도 안 돼! 이게 내 모습이라고? 지성과 야성을 겸비한, 무결점에 가까웠던 완벽한 내 모습은 대체 어디로 사라지고….

입을 떠억 벌린 채 넋 놓고 거울을 바라보는데 어디선가 부드러운 여인의 목소리가 들려왔다.

"여러분, 조용, 조용!"

이건 또 뭐야?

출입구 쪽에 거대한 몸집의 여왕개미가 서 있었다. 그제야 노빈손은 주변을 천천히 살펴보았다. 수많은 애벌레들이 여기저기서 꿈틀거리고 있었다.

노빈손은 자신도 모르게 비명을 질렀다.

"오, 노!"

그러자 여왕개미가 날카롭게 소리쳤다.

"거기! 머리 큰 애벌레, 입 다물지 못해!"

당장이라도 달려들 기세여서 노빈손은 터져 나오려는 울음을 억지로 삼켰다. 주변이 잠잠해지자 여왕개미가 갑자기 목소리를 상냥하게 바꿨다.

"나비 애벌레 여러분, 안녕!"

애벌레들이 한목소리로 인사를 했다.

"안녕하세요!"

"나는 초록동 보육원 원장, 순하지아나예요. 웰빙 시대에 맞춰 황토로 지은, 세계 최고의 시설을 자랑하는 초록동 보육원에 입학하신 것을

> 🎵 **애벌레도 나이를 먹을까?**
> 애벌레들도 허물을 벗으면서 나이를 먹어. 애벌레의 나이는 '령'이라고 해. 애벌레마다 차이가 있는데 나비 애벌레는 다섯 번 허물을 벗지. 1령→ 2령→ 3령→ 4령→ 5령을 거쳐서 번데기가 되었다가 나비로 변신하는 거야. 애벌레가 허물을 벗는 이유는 피부가 키틴(chitin, 절지동물의 딱딱한 표피를 만드는 물질)으로 이루어져서 성장이 더 이상 불가능하기 때문이야.

환영해요. 지내는 동안 불편함이 없도록 최상의 서비스와 양질의 음식을 제공할게요. 그러니 여러분도 아낌없이 단물을 내뿜어 주셔야 해요. 약속할 수 있죠?"

나비 애벌레들이 합창하듯 "네!" 하고 소리쳤다.

"고마워요! 아, 그리고 한 가지 미리 경고할게요."

순식간에 순하지아나의 얼굴이 무서워졌고, 목소리 또한 군대 교관처럼 굵직하게 변했다.

"건물 뒤편은 개미 유충 전용 건물입니다. 그쪽은 나비 애벌레 금지구역이니 일절 출입하지 마시기 바랍니다. 만약 발각 시에는 절대로, 절대로 그냥 넘어가지 않을 겁니다. 명심, 명심 또 명심하세요! 알았습니까?"

나비 애벌레들이 마치 선생님 손을 잡고 소풍이라도 가는 아이들처럼 흥겨운 목소리로 "네!" 하고 대답을 했다.

"좋아요! 여러분의 입학을 환영하기 위해 오늘은 특별식을 준비했어요. 음식은 충분하니 마음껏 드세요."

순하지아나가 나가고 나자, 흥겨운 음악이 실내에 울려 퍼졌다. 기다렸다는 듯이 일개미들이 줄을 맞춰 음식을 실어 날랐다. 갖가지 음식이 들어오자 애벌레들이 함성을 지르며 환호했다.

세상에! 내가 유비도 아니고, 선비도 아니고, 나비 애벌레라고?

노빈손이 상황 파악도 하지 못한 채 충격에서 헤어나지 못하고 있을 때 일개미가 입에다 먹을 것을 넣어 주었다. 음식의 정체를 알 수 없어서 먹기가 찜찜했다. 조심스레 몇 번 씹어 보니 비릿한 풀 냄새가 진동했다. 아

16

무래도 나뭇잎인 것 같아서 노빈손은 그대로 뱉어 버렸다.

일개미가 인상을 찡그렸다.

"왜 안 먹는 거야?"

"난 사람이야! 나뭇잎 따위를 먹을 수는 없어."

일개미가 코웃음을 쳤다.

"이봐, 정신 차려! 넌 나비 애벌레야."

"아냐, 난 만물의 영장인 인간이야!"

"쯧쯧! 단단히 망상에 빠졌군."

"난 정말 인간이라고! 왜 내 말을 안 믿는 거지?"

"음! 증상이 심각하군. 상부에 보고해야겠어."

일개미가 돌아서려 하자, 깜짝 놀란 사귈라비가 재빨리 붙들었다.

"잠깐만요! 얘가 허기 져서 말이 헛나왔나 봐요. 제가 정신 차리게 해
볼게요."

"할 수 있겠어?"

"물론이죠! 내 동생인데."

사귈라비가 다가오더니 귀엣말을
했다.

"넌 나비 애벌레야."

노빈손은 받아들일 수가 없었다.

"아냐, 난 사람이야."

"정신 차려! 정신병원으로 끌려

🎵 **호랑나비 애벌레의 탁월한 변장술**
호랑나비 애벌레는 1령부터 4령까지는 몸이
온통 검은색이거나 갈색이야. 얼핏 보면 새똥처럼
보이지. 천적들의 눈을 속이기 위한 거야. 5령이 되
면 초록색으로 변하고 머리에 동그란 줄무늬가 생
겨. 천적들이 접근을 못 하게끔 뱀의 머리로 위장하
는 거야. 그래도 접근해 오면 비장의 무기인 '냄새
뿔' 을 사용해. 머리와 가슴 사이에 있는 두 개의 뿔
에서 노란 액체를 내뿜어 냄새로 적을 쫓아내지.

가고 싶어?"

"정신병원?"

"그래! 거기 가면 자신이 세계 최고의 장대높이 선수인 이신바예바라고 주장하는 메뚜기, 부활한 예수라고 떠벌리는 소금쟁이, 스텔스 폭격기라며 종일 출격 준비를 하고 있는 나방, 진시황제라며 불로초를 찾아 떠난 신하가 돌아오기를 기다리고 있는 하루살이 등등이 갇혀 있대. 너도 평생 거기 갇혀 지내고 싶어?"

노빈손은 잠시 멍한 상태가 되었다가 머리를 흔들었다.

"아니!"

"그럼 누나 말을 들어야지! 다시 물을게. 넌, 누구지?"

"난… 사람… 이 아니고… 나비… 애벌레야."

"잘했어! 누가 묻더라도 그렇게 대답해야 한다?"

노빈손은 아이의 손에 붙잡힌 방아깨비처럼 힘없이 고개를 끄덕였다.

일단 이 상황을 넘기고 생각해 보자.

일개미가 다시 와서 물었다.

"이봐, 식사를 하겠나?"

"네!"

"나뭇잎 따위는 안 먹는다며?"

"아닙니다! 맛있게 먹겠습니다."

"왜지?"

"왜냐면 저는… 나, 나비… 애벌

> ♬ 개미는 지구상에 얼마나 될까?
> 🐜 현재까지 알려진 곤충은 무려 75만 종이야. 그 중 개미는 약 9천5백 종이지. 지구에 사는 곤충의 수는 줄잡아 100경에 이른대. 그 중 개미를 전체의 1%만 잡아도 개미 수는 무려 1경이나 되지. 개미 한 마리의 평균 체중을 1~5mg으로 계산하면 전 세계에 퍼져 있는 개미의 무게와 인류 전체의 무게가 엇비슷해지는 거야. 지구를 속속들이 알고 누빈 진짜 터줏대감은 개미일지도 몰라. 너무나 놀랍지?

레니까요."

애벌레임을 인정하고 나니 눈물이 핑 돌았다. 지금까지 찬란했던 자신의 모든 인생이 허무하게 느껴지는 순간이었다. 멋지고, 천재적이었던 인간 노빈손의 빛나던 순간들을 모두 잊고, 꿈틀거리는 애벌레로 살아야 한단 말인가.

일개미가 입 안에 나뭇잎을 넣어 주었다. 갑자기 참기 힘든 허기가 밀려들었다. 노빈손은 눈물을 닦고 음식을 먹기 시작했다.

그래, 일단 먹고 보자! 운명에 순응하는 나약한 모습은 내 캐릭터가 아니야. 먹고서 힘을 내자! 조금만 참고 나비가 되어 어떻게 된 일인지 알아봐야겠다.

고마워, 누나

 너무 먹었는지 아랫배가 살살 아팠다. 노빈손이 화장실에 갔다 오는데 원장실 안에서 여왕개미와 일개미의 대화가 들려왔다.

"3호실에 특이하게 생긴 애벌레 있죠?"

"머리가 밤톨처럼 생긴 애벌레? 왜, 사고라도 쳤어?"

"아마 그럴걸요."

"그게 무슨 말이야? 사고를 쳤다는 거야, 안 쳤다는 거야?"

"사고를 친 거나 마찬가지예요. 매끼마다 어마어마한 음식을 먹어 치우고 있어요."

"얼마나 먹는데?"

"다른 애벌레들보다 다섯 배는 거뜬히 먹어 치우는 것 같아요."

순간, 노빈손은 가슴이 뜨끔했다. 그동안 허전함을 달래기 위해서 입에 넣어 주는 대로 먹어 치운 게 사실이었다.

"애벌레들은 먹는 만큼 발산하기 마련이야. 고농도 아미노산이 함유된 단물을 많이 발산하면 좋지 뭘 그래?"

"그런데 말이죠, 문제는 먹기만 할 뿐 단물은 전혀 내뿜지 않는다는 거예요."

"음, 그래? 그게 사실이라면 보통 일이 아니군."

"그렇다고 한겨울에 밖으로 내쫓을 수도 없고⋯ 어떡하죠?"

"그게 무슨 바보 같은 소리야? 우린 나비 애벌레를 보호하는 자선단체가 아냐! 오늘도 단물을 뿜어내지 않으면 당장 내쫓아 버려. 그따위 식충은 필요 없어!"

순하지아나의 마지막 말이 노빈손의 가슴에 비수처럼 꽂혔다.

해도 너무한다! 그깟 나뭇잎 몇 장 더 먹었다고 식충이라니⋯.

이 겨울에 추운 바깥세상으로 쫓겨날 생각을 하니 눈앞이 캄캄했다. 우울한 마음으로 방에 들어가자 스트레칭을 하던 사귈라비가 물었다.

"동생아, 표정이 왜 그래? 머리가 커서 화장실 문틈에 끼기라도 한 거야?"

"아니."

"근데 왜 그래?"

"말하고 싶지 않아."

"고민이 있으면 망설이지 말고 누나에게 털어놔!"

잠시 망설이던 노빈손은 한시라도 빨리 울적한 기분에서 벗어나고 싶어 사실대로 말했다. 사귈라비의 표정이 심각해졌다.

"큰일이네! 일단 위기를 넘기고 보자."

"어떻게?"

"밀선을 이쪽으로 대 봐."

"밀선이 뭔데?"

"얘가 왜 이래! 분비물이 나오는 엉덩이 부분을 말하는 거잖니. 얼른 엉덩이를 내밀어 봐."

시킨 대로 아랫부분을 갖다 대자, 사귈라비가 자신의 밀선에서 단물을 뿜어내서 노빈손의 밀선에다 묻혀 주었다.

잠시 후, 단물을 수거해 가는 일개미가 들어왔다. 양동이를 밀선 아래에 대고 일개미가 명령했다.

"아랫배에다 힘을 줘!"

노빈손은 시키는 대로 배에다 필사적으로 힘을 줬다. 얼마나 힘을 줬는지 속이 부글거렸다.

"고작 이거야? 이건 나오는 것도 아니고 안 나오는 것도 아니네!"

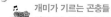

개미가 기르는 곤충들
알고 있니? 개미가 곤충을 키운다는 사실을! 개미가 가장 많이 기르는 곤충이 진딧물이야. 개미는 진딧물을 무당벌레 같은 천적으로부터 보호해 주는 대신, 진딧물로부터 단물을 받아 마시지. 진딧물 외에도 뿔매미, 매미충, 깍지벌레 등 매미목에 속하는 곤충과, 부전나비 과에 속하는 나비 애벌레들을 길러. 진딧물처럼 개미들은 먹이를 공급해 주고, 천적으로부터 보호해 주는 대신에 단물을 공급받지.

일개미가 노빈손을 못마땅한 눈길로 째려보았다. 옆에서 지켜보고 있던 사귈라비가 순간적으로 둘러댔다.

"사실은요, 방금 전에 다른 분이 들어오셔서 단물을 수거해 가셨어요."

"그래? 누가? 어떻게 생겼는데?"

"눈이 커요."

"그리고?"

"가슴이 떡 벌어졌어요."

"그래? 그리고?"

"허리가 늘씬하던 걸요."

엥! 개미가 다 그렇게 생기지 않았나? 노빈손은 잠시 생각했다.

"대체 누구지? 특이한 생김새네."

일개미가 고개를 갸웃거렸다.

"다음에는 누구인지 이름을 꼭 물어봐."

"알았어요."

일개미가 양동이를 들고 방을 빠져나갔다.

"고마워, 누나!"

"고맙긴! 동생을 보호하는 건 누나의 의무야."

사귈라비가 따뜻한 미소를 지었다. 그녀의 미소를 보니 더 이상 애

> ♫ **개미의 계급사회**
> 개미들은 여왕개미를 중심으로, 모계 사회를 이루고 살아. 수개미는 몸집이 큰 여왕개미와 함께 집 안에서 살지. 이 수개미들은 짝짓기를 할 때가 되면 그 시기에 잠깐 날개가 돋아나. 하늘을 날아다니며 짝짓기를 하지. 병정개미나 일개미는 암개미인데 그들이 집안 살림은 물론이고 각종 심부름, 먹이 사냥까지 도맡아 하지. 암개미들은 너무 피곤할 거 같아. 신데렐라가 따로 없다니까!

벌레가 무섭거나 추하다는 생각은 들지 않았다.

꿈이라 하기에는 너무 생생해!

겨울이 깊어갔다.

노빈손은 자주 꿈을 꿨다. 꿈속에서는 애벌레가 아닌 사람이었다. 꿈속의 거리 풍경이며 간판은 아주 낯익은 느낌이었다. 똑같은 꿈을 계속 꾸기 때문일까?

"어라? 오늘도 걸음을 멈추니 '맛없다 햄버거 가게' 앞이네!"

노빈손은 햄버거 가게 안을 기웃거렸다.

가게는 아침 8시에 문을 열었다. 햄버거 배달 트럭이 햄버거를 내려놓고 가면 곧바로 문을 닫았다. 고작 1, 20분밖에 영업을 하지 않는 이상한 가게였다. 그래서 동네 사람 가운데 누구도 가게 안으로 들어가 본 적이 없었다.

노빈손은 자석에 끌리듯이 가게 안으로 들어갔다. 주인도 종업원도 보이지 않았다.

"아무도 없나?"

혼잣말을 중얼거리며 돌아서려는데 갑자기 마술처럼 벽이 말을 했다.

"어? 너는?"

노빈손은 깜짝 놀라 돌아보았다. 벽이라고 생각했던 것은 거대한 몸집을 지닌 사람이었다. 키는 고작해야 160센티미터밖에 되지 않는데 몸무게는 200킬로그램은 족히 나갈 것 같았다. 너무 살이 쪄서 머리가 목살에 파묻혀 반밖에 보이지 않았다.

"어? 아저씨는 과천대공원에서 만났던… 손커스먼 아저씨?"

"너는 식성 좋은 노빈손?"

손커스먼의 말에 노빈손은 빙그레 웃었다. 입 안에서 '아무리 식성이 좋다고 해도 아저씨만큼 하겠어요?' 라는 말이 맴돌았다. 그러나 아저씨가 상처 받을까 봐 차마 말할 수 없었다.

"아저씨는 여기 웬일이세요?"

"주인이 가게에 있는 건 당연한지! 근데 너야말로 웬일이냐?"

"아침을 먹고 나오기는 했는데 출출해서요. 혹시 햄버거 팔아요?"

"팔고 말고! 일단 앉아라."

테이블에 앉으니 그동안 아무도 사용하지 않았는지 먼지가 풀썩 날렸다.

> ♪ 개미들은 어떻게 의사소통을 할까?
> 동물들은 대개 시각, 촉각, 청각, 후각을 이용해서 의사소통을 해. 개미들은 촉각을 사용하기도 하지만 대부분 후각을 이용하지. 화학언어라고 할 수 있어. 개미들은 먹이를 발견하면 배의 끝부분에서 '페로몬' 이란 화학물질을 뿜으며 집으로 돌아와. 다른 개미들로 하여금 그 냄새를 맡으며 먹이를 쉽게 찾아가게 하기 위해서지. 개미들이 일렬로 줄을 지어서 움직이는 것도 그 때문이야.

손커스먼이 물걸레로 테이블을 닦아 주다 말고 중얼거렸다.

"노빈손, 잘 만났다! 그렇지 않아도 찾던 중이었는데…."

"네? 저를 왜 찾아요?"

노빈손의 반문에 손커스먼이 몹시 당황해서 손을 흔들었다.

"혼잣말이니까 신경 쓰지 마라."

"왜 저를 찾았는데요? 말씀해 주세요!"

"그건 말이지…."

잠깐 고민하던 손커스먼이 표정을 부드럽게 바꾸며 말했다.

"나중에 말해 주마. 배고프지? 일단 햄버거부터 먹어라."

"무슨 버거가 있는데요?"

주변을 휘둘러보아도 메뉴판은 보이지 않았다.

"오늘은 두 종류밖에 안 된다. 악어버거 먹을래, 나비버거 먹을래?"

"와, 이름 한번 독창적이네!"

"내가 원래 독창적인 사람이야. 평범한 것은 온몸으로 거부하지."

칭찬을 듣자 기분이 좋은지 손커스먼이 가볍게 몸을 흔들었다. 거대한 살들이 파도처럼 출렁거렸다.

잠시 고민하던 노빈손이 물었다.

"가격은 어떻게 되나요?"

"오늘은 특별히 돈을 받지 않으마."

순간, 귀가 번쩍 뜨였다.

헤! 괜한 고민을 하고 있었네.

"그래요? 그럼 둘 다 주세요!"

"두 개 먹으면 살 쪄서 안 된다. 하나만 먹어라."

"에이, 두 개쯤 먹어도 끄떡없는데!"

아쉬운 듯 입맛을 쩝쩝 다시던 노빈손은 뭘 먹을까 잠시 고민하다가 물었다.

"혹시 악어버거에 꼬리가 달려 있나요?"

"난해한 질문은 사절이다."

"그럼 나비버거에 날개가 달려 있나요?"

"조금이라도 큰 거 먹으려고 잔머리 굴려 봐야 소용없다. 크기와 두께
는 물론이고 무게까지 똑같으니까."

"히히, 들켰다! 어떻게 아셨지?"

노빈손은 뒤통수를 긁적거리다가 마침내 결정을 내렸다.

"나비버거로 주세요."

"잠깐만 기다려라!"

손커스먼이 육중한 몸을 돌려서 성큼성큼 주방 안으로 들어갔다. 이어
서 중얼거리는 소리가 들려왔다.

"나비 날개 가루 한 스푼… 썩은 도라지 반 뿌리… 구더기 곱게 빻아서
약간 넣고… 황금박쥐 날개 8그램…."

"햄버거에 별 게 다 들어가네? 설마 고양이 똥은 안 들어가겠지."

노빈손이 기가 막혀서 중얼거렸다.

"고양이 똥 한 덩어리… 주의 사항, 말랑말랑한 똥만 사용할 것…."

"헉! 설마?"

호기심을 참지 못한 노빈손이 슬그머니 주방 쪽으로 다가갔다. 들키지
않으려고 까치발을 하고 조심조심 다가가는데 허공에서 날카로운 목소리
가 들려왔다.

"도둑이야, 도둑!"

노빈손이 기겁해서 걸음을 멈추고 재빨리 천장을 올려다보았다. 대머리처럼 머리카락 한가운데가 빠진 구관조 한 마리가 새장 속에서 내려다보고 있었다.

"휴우… 난 또 경찰쯤이나 되는 줄 알았네. 안녕! 난 노빈손이라고 해!"

"문제아! 문제아!"

"아직 사람 볼 줄 모르는구나. 교육을 덜 받았군!"

"도둑! 도둑!"

구관조가 자신을 도둑으로 내몰자, 노빈손은 은근히 화가 났다.

"너, 말 잘 못하지?"

"잘해! 잘해!"

"그럼 내가 하는 말 따라할 수 있어?"

"해 봐! 해 봐!"

"좋아! 그럼 따라해 봐. 강낭콩 옆 빈 콩깍지는 완두콩 깐 빈 콩깍지이고, 완두콩 옆 빈 콩깍지는 강낭콩 깐 빈 콩깍지이다."

"…"

"히히! 못하지? 그럼 이번에는 좀 더 쉬운 걸로 해 볼까나. 앞집 팥죽은 붉은 팥 풋팥죽이고, 뒷집 콩죽은 햇콩 단콩 콩죽이고, 우리 집 깨죽은

> **구관조나 앵무새는 어떻게 말을 할까?**
> 구관조나 앵무새는 청각을 맡은 신경중추가 다른 동물에 비해서 발달해 있거든. 그리고 일반적인 새들의 혀는 가늘고 딱딱한 데 비해 이들의 혀는 두텁고 부드러워. 그래서 혀의 모양과 위치를 자유자재로 바꿀 수 있기 때문에 다양한 소리를 낼 수 있는 거야. 물론 한 마디 말을 제대로 흉내 내기 위해서는 오랫동안 반복학습을 해야 하지만 말이야. 신기하지?

검은깨 깨죽인데, 사람들은 햇콩 단콩 콩죽 깨죽 먹기를 싫어하더라."

"…."

"못하지, 못하지?"

"바보! 바보!"

"히히! 그럴 때는 천재라고 하는 거야."

노빈손이 구관조와 한참 말장난을 치고 있는데 손커스먼이 햄버거를 들고 나왔다. 크기는 일반 햄버거보다 두 배쯤 컸다. 맛있는 냄새가 풍겼다.

손커스먼이 얼굴 살에 파묻힌 동그란 눈동자를 이리저리 굴리며 물었다.

"어때? 맛있을 것 같지 않니?"

"글쎄요…."

노빈손은 조금 전에 들었던 햄버거 재료가 자꾸만 마음에 걸렸다.

"배고프지? 어서 먹어라."

"배는 고픈데… 왜 내키지 않는 걸까요?"

노빈손은 맛이 이상하면 먹지 않으려고 살짝 한 입 베어 먹었다. 그러나 예상과는 달리 햄버거는 입 안에서 아이스크림처럼 사르르 녹았다.

"우와! 지금까지 먹어 본 햄버거 중에 최고예요!"

"당연하지! 세상에서 최고 형편없는 재료로 만들었으니까."

"네? 그게 무슨 말씀이세요?"

"들었니? 녀석, 귀도 밝네."

손커스먼이 실내가 쩌렁쩌렁 울리도록 혼잣말을 했다. 안 들으려고 해도 안 들을 수 없는 혼잣말이었다.

"남기지 말고 다 먹어라! 그런데 한 가지만 물어보자."

음식 먹을 때는 개도 안 건드린다는데….

노빈손은 마지못해 고개를 끄덕였다. 손커스먼이 뭔가에 대해서 물었다. 그러나 노빈손은 햄버거에 정신이 팔려서 아무 말도 들을 수 없었다. 세상에 이렇게 맛있는 햄버거가 있다니! 영혼이 송두리째 햄버거 속으로 빨려 들어가는 기분이었다.

먹을 때는 개도 안 건드리는 이유?
'먹을 때는 개도 안 건드린다'는 속담의 뜻을 '음식 먹는 개를 건드리면 물리기 때문이다'라고 해석하는 사람도 있는데 사실은 그런 뜻이 아니야. 예로부터 '개'는 흔하고 보잘것없는 존재였어. 반면 '음식'은 귀한 것이었지. 그토록 귀한 음식을 먹을 때는 인간은 물론이고 보잘것없는 개조차도 건드려서는 안 된다는 뜻이야. 하긴 맛있는 음식을 먹을 때 건드리면 개이건 사람이건 화는 나지.

누나의 수상한 외출

"뭐야, 또 꿈이었어?"

잠에서 깨어난 노빈손은 흙벽을 발견하고는 땅이 꺼져라 한숨을 내쉬었다. 배가 고프다 못해 옆구리가 아팠다. 꿈속에서 먹었던 햄버거가 눈앞에서 아른거렸다.

아쉬운 표정을 감추지 못한 채 옆을 보니 침대가 비어 있었다. 사퀼라비는 방을 빠져나가려는지 목을 밖으로 길게 빼고 개미들의 동태를 살피고 있었다.

"누나! 밤마다 어딜 가는 거야?"

사퀼라비가 당황해서는 "쉿!" 하면서 재빨리 돌아섰다.

"혼자서 몰래 맛있는 거 먹으러 가는 거지?"

"알고 있었니?"

"뭘 먹으러 가는데?"

사퀼라비가 뒤통수를 긁적거렸다.

"그게… 말하기가 좀 난처해."

"햄버거? 양념치킨? 피자?"

"아닌데…."

그러나 노빈손은 여전히 한 가닥 기대를 버리지 않았다. 사퀼라비가 주변을 조심스럽게 살핀 뒤, 노빈손

동물들도 꿈을 꿀까?
예전에는 인간만 꿈을 꾼다고 생각했어. 그런데 요즘에는 모든 포유류와 일부 조류 및 파충류까지 꿈을 꾼다는 사실이 연구 결과 밝혀졌어. 주로 무슨 꿈을 꾸느냐고? 과거에 있었던 일이 꿈속에 나타나는 경우가 많대. 미국의 신경생물학자가 쥐의 뇌를 관찰하면서 원형 트랙을 돌게 하는 실험을 했어. 그랬더니 잠자고 있는 쥐의 뇌에서 원형 트랙을 돌고 있을 때와 똑같은 반응이 일어났다고 해.

의 귀에 대고 속삭였다.

"개미 유충."

"개미 유충? 아니, 그럼 매일 밤마다 뒤 건물에 갔다 왔다는 거야?"

사귈라비가 고개를 끄덕였다.

"원장 선생님이 거긴 들어가지 말라고 신신당부를 했잖아?"

"그랬지! 하지만 살아남기 위해서는 어쩔 수 없어. 지금 영양 섭취를 충분히 해놔야지만 봄에 예쁜 날개를 얻을 수 있거든."

"에이! 아무리 그래도 그렇지, 어떻게 은혜를 원수로 갚아? 그동안 먹여 주고 재워 줬는데 개미 알을 먹어 치우다니! 그리고 무엇보다… 원장 아줌마의 험악한 인상을 생각해 봐…그런 짓을 감히 어떻게…."

"너는 왜 그렇게 순진하니? 우리가 예뻐서 순하지아나가 이 보육원에서 겨울을 나게 해 주는 줄 알아? 다 단물 때문이야."

"그래도 난 개미 유충을 먹을 수는 없어!"

"그럼 예쁜 날개를 얻을 수.없는데?"

노빈손은 아무리 그래도 태어나지도 않은 알을 먹는 것이 께름칙했다.

"그래도 싫어! 설령 날개를 못 얻는다고 해도."

"화창한 봄날에 땅을 치며 후회하지 말고 같이 가자."

"난 안 갈래! 가고 싶으면 누나나 갔다 와."

"고집불통!"

사귈라비가 어쩔 수 없다는 듯이 혼자서 방을 빠져나갔다.

집 없는 어린 남매

노빈손은 잠깐 잠이 들었다가 개미굴이 마구 흔들리는 소리에 눈을 떴다. 갑자기 벽에서 흙이 우수수 떨어졌다. 이어서 순하지아나의 분노에 가득 찬 목소리가 개미굴에 쩌렁쩌렁 울려 퍼졌다.

"내 아기! 내 아기들이 모두 어디로 사라진 거야!"

그 사이 사귈라비가 헐레벌떡 기어들어왔다. 겨울을 나는 동안 사귈라비는 몸집이 두 배로 불어나 있었다.

"어서 빠져나가야 해! 서둘러!"

"한밤중에 어딜 가려고?"

"일단 나와!"

노빈손은 영문도 모른 채 허겁지겁 방을 나섰다. 수많은 일개미들이 개미 유충 전용 건물이 있는 뒤편으로 달려가고 있었다.

"이때야! 빨리 나가자!"

일개미의 감시가 뜸해진 틈을 타서 사귈라비와 노빈손은 초록동 보육원을 나섰다. 보육원 건물을 나서니 숲에는 세찬 바람이 불고 있었다. 거대한 나무들이 금방이라도 부러질 듯 휘청거렸다. 이불 같은 커다란 나뭇잎들이 바람에 어지러이 흩날렸다.

노빈손이 잔뜩 겁에 질려 말했다.

"이러다 얼어죽겠어."

"녀석, 엄살은."

사귈라비가 용감하게 어둠 속을 뚫고 나아갔다. 별도 달도 없는 칠흑 같은 겨울밤이었다.

얼마나 왔을까. 새벽녘에야 사귈라비는 상수리나무 이파리 아래에서 걸음을 멈췄다. 노빈손도 지칠 대로 지쳐 있었다.

사귈라비가 부드러운 나뭇잎을 덮어 주며 말했다.

"빈손아, 이제부터 여기서 꼼짝하지 말고 죽은 듯이 지내야 해. 밖에서 무슨 소리가 나도 내다보면 안 돼! 알았지?"

"왜 그래야 하는데?"

"이곳은 아주 위험한 곳이야. 방심하면 한순간에 목숨을 잃을 수도 있거든."

"알았어, 누나!"

노빈손은 겁에 질려 고개를 끄덕였다.

처음에는 갑갑했는데 이내 참을 수 없는 잠이 쏟아졌다. 노빈손은 꼼짝하지 않고 잠만 잤다. 언제부터인가 애벌레에서 번데기로 변해 있었다.

가끔씩 새들이 먹이를 찾기 위해서 풀밭에 내려앉았다. 들키면 끝장이었다. 노빈손은 가슴이 조마조마해서 숨조차 쉴 수 없었다. 어떤 때는 다람쥐가 지나갔고, 어떤 때는 뱀이 바로 곁에서 스르르 스쳐 지나가기도 했다.

🎵 적과의 동침
🐜 개미는 다른 곤충들과 상부상조하며 살아. 개미와 진딧물처럼 서로 줄 것은 주고, 받을 것은 받는 관계를 '상리공생관계'라고 해. 반면 한쪽만 이득을 챙기는 '편리공생관계'도 있어. 모든 부전나비가 그런 것은 아니고 일부 부전나비와 개미와의 관계가 그래. 개미는 부전나비 애벌레를 먹여 주고 보호해 주는데, 부전나비 애벌레가 개미 알을 먹어 치워 버리는 거지. 그래서 종종 개미 군집이 몰락하곤 해.

낮과 밤이 지나갔다. 마침내 숲을 뒤흔들던 바람도 멎었다. 비록 나뭇잎 아래지만 따사로운 봄볕이 내리쬐고 있음을 느낄 수 있었다. 새들의 노랫소리가 한층 가볍고 경쾌해졌다.

사귈라비가 길게 기지개를 켰다.

"아, 잘 잤다! 자, 슬슬 외출 준비를 해 볼까."

노빈손은 고개를 삐죽 내밀고 밖을 내다보았다. 어느새 주변에 온갖 꽃들이 활짝 피어 있었다.

저 푸른 하늘을 날아가고 싶어라

"이제 탈바꿈을 할 시기야!"

사귈라비가 끙끙대며 번데기 껍질을 벗기 위해 몸부림쳤다. 그녀는 조금씩 껍질 밖으로 빠져나왔다. 힘겹게 번데기를 벗고 나온 사귈라비의 모습은 완전히 달랐다. 언제 다이어트를 한 걸까? 애벌레 시절의 통통했던 몸매는 어디에도 찾아볼 수 없었다. 호리호리한 그녀의 모습이 낯설기만 했다.

"이제 우리의 오랜 꿈을 이룰 때야."

사귈라비가 날개를 펼쳤다. 꼬깃꼬깃 접혀 있던 날개가 조심스레 펼쳐졌다. 날개는 축축하고 무거워 보였다.

"자비로우신 태양신이시여, 제 날개에 생명의 온기를 불어넣어 주소서!"

사귈라비가 날개를 활짝 편 채 두 손 모아 기도했다. 조금씩 봄볕에 물기가 마르게 시작했고, 시간이 지나면서 색깔이 점점 선명해졌다. 날개에 푸른색이 감돌았다. 그리고 고운 점이 조금씩 모습을 드러냈다. 비로소 고운점박이푸른부전나비라는 이름이 실감났다.

시시각각 변해 가는 사귈라비의 모습을 지켜보고 있으니 가슴이 콩닥거리며 뛰었다.

"아, 너무 아름다워!"

노빈손은 눈앞에서 펼쳐진 놀라운 변신에 할 말을 잃었다.

"고마워!"

"누나, 얼른 날아 봐."

"그럴까?"

사귈라비가 조심스럽게 첫 비행을 시도했다. 비틀거리며 날아가다가 추락하는가 싶었는데 이내 중심을 잡고 날기 시작했다.

"어머, 내가 날고 있어! 야, 신난다!"

사귈라비는 점점 높이 올라갔다가 하늘을 부드럽게 한 바퀴 돌고는 노빈손 곁에 사뿐히 내려앉았다.

"누나, 날개가 정말 멋져!"

"신의 선물이야. 힘겨운 겨울을

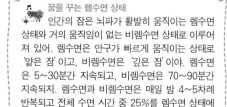

꿈을 꾸는 렘수면 상태
인간의 잠은 뇌파가 활발히 움직이는 렘수면 상태와 거의 움직임이 없는 비렘수면 상태로 이루어져 있어. 렘수면은 안구가 빠르게 움직이는 상태로 '얕은 잠'이고, 비렘수면은 '깊은 잠'이야. 렘수면은 5~30분간 지속되고, 비렘수면은 70~90분간 지속되지. 렘수면과 비렘수면은 매일 밤 4~5차례 반복되고 전체 수면 시간 중 25%를 렘수면 상태에서 자는데 이때 꿈을 꾸는 거야.

보낸 데 대한…"

"아, 부럽다!"

"부러워할 것 없어. 너도 나처럼 멋진 날개를 갖게 될 거야."

"정말?"

노빈손은 믿기지 않았다. 아니 믿을 수가 없었다.

"자, 이제 비행을 시작할 시간이야."

"나도 날 수 있을까?"

"물론이지! 두려워하지 말고 껍질을 벗고 밖으로 나와."

"알았어. 해 볼게!"

노빈손은 안간힘을 썼지만 번데기 껍질은 좀처럼 벗겨지지 않았다.

"도와줘, 누나!"

"안 돼! 누구의 도움도 아닌, 네 힘만으로 껍질을 벗고 나와야 제대로 된 날개를 얻을 수 있어."

노빈손은 땀을 뻘뻘 흘리며 한참을 몸부림친 끝에야 겨우 껍질을 벗을 수 있었다. 온몸에 통증이 왔다. 지쳐서 가쁜 숨을 몰아쉬고 있는데 사귈라비가 재촉했다.

"어서 날개를 펴야지!"

"어떻게?"

"길게 심호흡을 하는 거야. 이렇게!"

> ♬ 번데기 껍질을 스스로 벗고 나와야 하는 이유는?
> 생물학자인 찰스 코언은 고치를 벗고 나오려고 몸부림치는 나비를 발견하고 가위로 구멍을 잘라서 입구를 넓혀 주었지. 나비는 손쉽게 고치를 빠져나왔지만 날지 못하고 땅으로 떨어져 버렸어. 나비는 작은 구멍을 비집고 나오려고 애쓰는 과정에서 날개가 축축하게 젖게 되고, 날개에 힘을 얻거든. 이 세상에는 힘들더라도 반드시 스스로의 힘으로 해야만 하는 일들이 있게 마련이야.

　　노빈손은 사귈라비가 시키는 대로 열심히 심호흡을 했다. 접혀 있던 날
개가 서서히 펼쳐졌지만 사귈라비의 날개처럼 크지도 않았고, 예쁘지도
않았다.

　　그래도 날개가 생겼다는 사실이 신기하고 기쁠 뿐이었다. 노빈손은 사
귈라비가 했던 것처럼 눈을 감고 두 손 모아 기도했다.

　　"자비로우신 태양신이시여, 제 날개에 생명의 온기를 불어넣어 주소
서!"

햇볕이 젖은 날개를 서서히 말렸다. 시간이 지나자 흐릿하게나마 고운 점들이 날개에 모습을 드러냈다.

"빈손아, 이제 날아 봐."

날아오르려고 날개를 펴자 봄바람이 불어왔다. 몸이 휘청거렸다. 노빈손은 가까스로 몸의 중심을 잡았다.

"아무래도 자신이 없어."

"누나가 도와줄게. 내 손을 잡아!"

사귈라비가 손을 내밀었다. 노빈손이 얼른 손을 잡자 사귈라비가 허공으로 날아올랐다. 거짓말처럼 몸이 둥실 떠올랐다. 발아래 꽃과 잔디가 보였다.

"우와! 내가 날고 있어!"

"당연하지! 너도 나비니까."

봄바람은 어머니의 속삭임처럼 감미로웠다. 우아하게 원을 한 바퀴 그리고는 사귈라비가 꽃 대궁 위에 내려앉았다.

"자, 이제 혼자 날아 봐."

"나 혼자?"

"그래! 여기서 뛰어내리면서 첫 비행을 시작하는 거야."

노빈손은 슬그머니 밑을 내려다보았다. 현기증으로 인해 눈앞이 어질어질했다. 벌레가 되어도 고소공포증은 여전한 모양이었다.

"헉!"

"용기를 내! 뭐든지 처음 시작할 때는 두렵고 떨리는 거야."

노빈손은 고개를 돌려 햇빛에 반짝이는 투명한 날개를 보았다. 문득, 날고 싶다는 욕구가 솟구쳤다.

"그래, 저 푸른 하늘을 멋지게 날아 보는 거야."

사귈라비처럼 우아하게 나는 자신의 모습을 상상하며 노빈손은 꽃 대궁 위에서 힘차게 뛰어내렸다. 그러나 비행은 상상했던 것처럼 진행되지 않았다. 두 날개를 힘차게 휘저었지만 몸은 점점 밑으로 가라앉고 있었다.

"어, 어떡하지?"

"당황하지 말고 날개를 힘차게 저어!"

노빈손은 젖먹던 힘까지 내서 열심히 날개를 펄럭였다. 바람이 불어왔다. 한순간, 거짓말처럼 높이 솟구쳤다.

"와아, 난다, 날아! 누나, 내가 날고 있어!"

그러나 기쁨도 잠시였다. 바람이 멎자 노빈손은 이내 땅으로 곤두박질 쳤다.

쾅!

결코 가볍다고는 할 수 없는 머리가 땅에 세차게 부딪치는 순간, 눈앞에 수많은 별들이 보였다. 인간으로 살아왔던 순간들이 빠른 속도로 스쳐 지나갔다.

사귈라비가 얼른 옆으로 다가와 걱정스레 물었다.

> **변장술은 생존의 필수!**
> 애벌레나 번데기는 움직임이 굼뜨기 때문에 천적으로부터 공격을 당하면 목숨을 잃을 수밖에 없어. 그래서 멋지게 변장을 하곤 하지. 왕오색나비 애벌레는 나뭇잎 색깔에 따라 몸 색깔을 바꿔 가며 변장을 하고, 갈구리나비 번데기는 가시나무의 가시처럼 변장해서 나뭇가지에 달라붙어 있지. 이렇게 필사적으로 살아남기 위해서 몸부림을 쳐도, 알이 나비가 될 확률은 고작 2%에 불과하대.

"빈손아, 괜찮아?"

"맞아! 난 나비가 아닌 사람이야."

"어머! 얘가 뇌에 충격을 받았나 봐. 한동안 안 하던 헛소리를 하네."

"그래! 천사처럼 아름다운… 아니지, 천사처럼 아름다웠으면 얼마나 좋을까, 하고 간절히 소망했던 여자애하고 놀이동산에 간 것도 사실이고, 비행기를 타고 가다 추락해서 가까스로 살아남았던 것도 꿈이 아닌 사실이었어! 그런데 어쩌다 나비 애벌레가 된 걸까?"

"쯧쯧! 불쌍한 내 동생… 너무 오랫동안 굶어서 정신이 오락가락한가 봐. 빈손아, 내가 누군지 알겠니?"

애벌레 시절부터 보살펴 준 사귀라비가 걱정스런 얼굴로 물었다.

"응, 누나."

"빈손아, 배고프지?"

아닌 게 아니라 몹시 허기가 졌다. 노빈손은 천천히 고개를 끄덕였다.

"날지 못했다고 실망하지 마. 네가 그동안 아무것도 먹지 못해서 그래. 여기서 꼼짝 말고 기다려! 누나가 맛있는 음식을 구해 올게."

사귀라비가 아름다운 날개를 팔랑거리며 멀어져 갔다.

노빈손은 무언가에 홀린 기분이 들었다. 멍하니 앉아 있는데 오통통한 여자 아이의 얼굴과 함께 불쑥 이

♪ **나는 더럽고 지저분한 '침'이오!**
거품벌레는 위장술의 달인이야. 버드나무 둥치나 가지를 잘 살펴보면 누군가 침을 뱉어놓은 것처럼 보글보글한 거품이 뭉쳐져 있는 것을 볼 수 있어. 그 안에 바로 거품벌레의 애벌레가 살고 있어. 애벌레는 버드나무 수액을 무척 좋아하거든. 침은 누가 뱉은 게 아니라 거품벌레 애벌레가 꽁무니에서 발산한 거야. 거품 속에 있으니 햇볕도 피할 수 있고 적에게 혐오감을 줄 수도 있어.

름이 떠올랐다.

"그래, 말숙이! 보고 싶다, 말숙아! 자유분방한 너의 얼굴이…."

그리움에 코끝이 찡해졌다.

"가만있자? 이러고 있을 때가 아냐! 또 사라졌다고 부모님이 걱정하실 테니까 어서 집으로 돌아가자."

노빈손은 자리를 박차고 일어났다. 사방을 둘러보았지만 어디로 가야 할지 도무지 감을 잡을 수 없었다.

"어떻게 돌아가지?"

무심코 오른편을 돌아보았다. 빈약한 날개는 반쯤 찢겨져 있었다. 세찬 바람이 불자 오른편 날개가 나뭇가지에 매달려 있던 낙엽처럼 떨어졌다. 그리고 하늘로 나풀거리며 날아갔다.

"왼편 날개만 남았네?"

왼편마저 떼어 내려고 하는 순간, 날개가 맥없이 떨어져 나갔다.

날개가 떨어져 나가다니. 어차피 인간이라 상관 없지만 잠시나마 나비이고 싶었던 노빈손은 시원하기도 했고, 섭섭하기도 했다.

노빈손은 주변을 찬찬히 둘러보았다. 나무의 끝은 하늘처럼 까마득했고, 꽃들은 63빌딩보다 높았다. 하늘을 날아가는 새들은 마치 비행기 같았다. 노빈손은 자신의 모습을 돌아보았다. 너무도 작고 초라해서 눈물이 나려고 했다.

"용기를 내자! 슬퍼한다고 해서 문제가 해결되는 것도 아니잖아? 가슴을 활짝 펴고 길을 떠나는 거야. 분명 무슨 방법이 있겠지!"

사귈라비가 꼼짝 말고 기다리라고 했지만, 노빈손은 무작정 걸음을 옮겼다. 햇살은 따사롭고 바람은 달콤한, 아름다운 봄날이었다.

꿈틀꿈틀 곤충 특공대 지원서
– 사슴벌레의 부위별 명칭

안녕하세요. 저는 숲을 지키는 곤충 특공대를 지원한 사슴벌레입니다. 숲을 사랑하는 마음과 튼튼한 체력 그리고 건강한 생각을 지닌 멋진 젊은 곤충입니다.

척 보면 아시겠지만, 저는 이미 특공대원으로 타고난 몸입니다. 제가 신체 부위 하나 하나씩 집어 가면서 왜 최고의 특공대원이 될 수밖에 없는지 말씀을 드리겠습니다.

고성능 레이더망, 더듬이

예민한 더듬이는 각종 신호를 감지하는 안테나 역할을 합니다. 적이 나타나면 바로 알아차릴 수 있죠. 또 먹이가 어디에 있는지 알아내는 건 기본이죠.

누가 아군인지 적군인지도 이 더듬이로 판단할 수 있습니다. 하하, 물론 제 운명의 반쪽도 이 더듬이로 찾아낸답니다.

초강력 필살기 큰턱

전투시 수컷인 저는 큰턱을 사용해 싸웁니다. 아주 강인하고 튼튼한 턱입니다. 곤충 중에 저처럼 센 턱을 가진 녀석이 있을까요?

저의 필살기는 집게처럼 생긴 큰턱으로 적의 허리 붙들고 뒤집어 버리는 기술입니다.

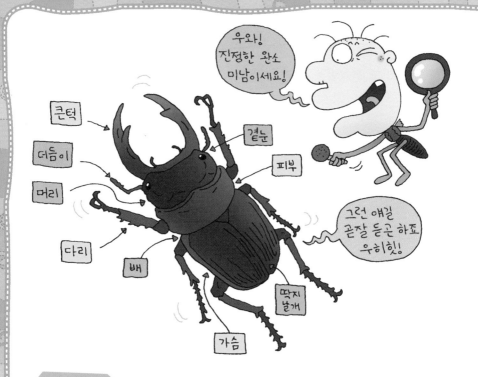

명석한 두뇌
머리

　　저의 머리에는 모든 행동을 지휘하는 뇌와 중추신경이 있습니다. 저의 뇌에서 명령을 내리면 신경을 통해 잽싸게 신체기관들이 움직이죠.
머리에는 핵심 기능인 더듬이, 겹눈, 홑눈, 입이 있습니다. 정말 완벽한 명품 구성이죠.

물체를 파악하는
겹눈

저의 눈은 낱눈이 모여 이루어진 겹눈입니다. 눈이 하나여도 잘 보일 텐데 눈들이 모여 있으니 제 시력이 얼마나 좋을지 짐작하시겠죠?
제 낱눈은 물체를 모자이크로 나눠서 봅니다. 겹눈은 물체의 생김새와 색깔을 구분할 수 있습니다. 풀숲에 숨어 있는 적도 색깔로 금세 찾아낼 수 있죠.

튼튼한 가슴

요즘 몸짱 열풍인데요, 제가 원조 몸짱입니다. 날개를 움직일 수 있는 근육이 이 가슴속에 있거든요. 저의 힘은 이곳에서 나온답니다.

소화력 최고인 배

소화기관, 배설기관, 생식기관이 다 있는 저의 배야말로, 어떠한 환경에서도 버틸 수 있는 힘입니다.

다용도로 쓰이는 다리

기하학적 모양의 세 쌍의 다리는 보기엔 별로 멋없어 보여도 쓸모가 많습니다. 적에게 기어갈 때, 적에게 모습을 들키지 않기 위해 나무에 매달릴 때, 적을 꽈악 잡을 때 제격이죠.

기동력의 상징, 딱지날개

앞날개, 뒷날개가 한 쌍인 제 날개는 딱딱한 딱지날개(앞날개)가 속날개를 보호하고 있습니다. 그러다 날아갈 때 딱지날개 속에 숨어 있는 부드러운 속날개를 우아하게 펼친답니다. 딱지날개가 속날개를 보호해 주기 때문에 언제든 안전하게 이착륙이 가능하죠.

강인한 피부

저의 소중한 몸을 지켜주고 있어서 '외골격'이라고도 합니다. 반들반들해서 적에게 잡혔을 때 요리조리 잘 빠져나올 수 있는 장점이 있답니다.

보시다시피 저의 외모는 완벽합니다. 숲을 지키기 위해 이 한 몸 바칠 준비가 되어 있으니 꼭 특공대원으로 뽑아 주시기 바랍니다.

- 사슴벌레 올림

숲의 제전

내가 범인이 아니라고 말할 수 없어!

 　　봄볕을 쬐며 걷다 보니 배도 고프고 다리도 아팠다. 풀잎을 그늘 삼아 쉬고 있는데 개미 한 마리가 나타났다.

노빈손이 먼저 인사를 건넸다.

"친구, 안녕!"

"안녕, 나는 자피주오라고 해."

자피주오는 놀랍게도 일자허리였다. 날씬한 허리가 트레이드 마크인 개미 사회에서 보기 드문 몸매였다.

"난 노빈손인데 여행 중이야. 너는 무슨 일을 하고 있니?"

"나는 개미국 정보요원이야. 지금까지 666건의 사건을 해결했어."

노빈손은 절대 날쌔 보이지 않는 겉모습과는 다른 그의 말에 놀라 입을 떠억 벌렸다.

"와아, 대단하다!"

"그렇게 말하면 좋겠지만 사실은, 해결할 뻔했었지."

"에이—."

노빈손이 실망하자 자피주오의 표정이 어두워졌다. 자피주오는 풀이 죽어서 힘없이 고개를 떨어뜨렸다.

"해고 위기야. 그동안 너무 이론으로만 수사를 한 게 잘못이었어. 이제는 발로 뛰는 수사를 하려고 해. 이번 사건을 해결하지 못하면 정말로 해고될 거야."

노빈손은 그의 모습이 측은해서 진심으로 말했다.

"걱정하지 마. 내가 도와줄게."

"정말? 약속하는 거지?"

"그래! 나의 잔머리와 추리력은 타의 추종을 불허하거든."

"그렇게 생겼어."

노빈손은 잠깐 자피주오의 말을 음미해 보았다. 칭찬인지 욕인지 잘 분간이 가지 않았다.

"이번에 맡은 사건은 뭐야?"

"초록동 보육원의 개미 유충 실종사건이야. 여왕개미인 순하지아나가 낳은 개미 유충들이 어느 날 갑자기 모두 사라져 버렸어. 순하지아나 가문이 멸종 위기에 처한 거지. 정보국에서는 부전나비 애벌레의 소행으로 보고 있어. 전에도 이런 사건이 종종 벌어졌거든."

순간, 노빈손은 가슴이 철렁했지만 태연하게 물었다.

"사건이 일어난 게 언젠데?"

"20일쯤 됐나?"

"그렇다면 포기해. 보나마나 나비가 되어서 훨훨 날아가 버렸을 거야."

"아냐! 이론은 버리고 발로 뛰면서 내가 조사한 바에 의하면 범인은 나비로 변신하는 데 실패했어. 범인의 은신처 근처에서 떨어져 나간 날

> **곤충은 무엇을 먹고 살까?**
> 육식을 하는 곤충도 있지만 대다수가 식물을 먹고 살아. 배추흰나비 애벌레는 배추 잎을 갉아먹어 농사를 망치지만 나비가 되면 꽃가루를 옮겨서 농사를 도와주지. 하늘소 애벌레는 나무 속을 갉아먹고, 매미는 나무 수액을 빨아먹어. 파리는 동물의 똥과 시체를 먹고, 송장벌레 역시 동물의 시체를 먹어. 해로운 곤충도 있지만 대부분 인간에게 이로운 일을 하지. 그래서 곤충을 지구의 청소부라고 해.

개를 발견했거든."

허걱!

"그래도 이 넓은 숲 속에서 어떻게 범인을 찾아! 시간 낭비하지 말고 다른 사건을 맡아."

"안 돼! 난 이 사건을 기필코 해결할 거야. 그리고 이미 반쯤은 해결했어."

"어떻게?"

"범인의 등에 날개가 떨어져 나간 자국이 남아 있을 거야. 날개를 갖고 와서 범인의 등에다 맞춰 보면 알 수 있어."

"날개가 어디 있는데?"

"범인이 은신해 있었던 장소에서 불과 30미터 떨어진 곳에서 발견했어."

노빈손이 쿵쾅거리는 가슴을 애써 진정시키며 조심스레 자피주오에게 물었다.

"정말?"

"내가 거짓말하는 거 같아?"

자피주오가 휘파람을 불었다. 숲에서 개미 한 마리가 부서진 한쪽 날개를 가지고 다가왔다. 날개가 낯익어서 유심히 보니 바로 자신의 것이었다.

> ♬ **곤충은 겨울을 어떻게 날까?**
> 대다수의 곤충은 날씨가 따뜻한 여름에 왕성한 활동을 해. 그래서 여름에 곤충이 쉽게 눈에 띄는 거야. 겨울에는 먹이 가까운 곳에서 겨울을 지내. 여왕개미와 여왕벌은 혼자서 겨울잠을 자기도 하지만, 대다수는 애벌레나 알로 겨울을 지내다가 날씨가 따뜻해지면 성충으로 바뀌어 세상에 나오지. 귀뚜라미, 메뚜기, 사마귀 등은 알로 나고, 사슴벌레, 장수풍뎅이, 참나무혹벌 등은 애벌레로 겨울을 나.

우째 이런 일이….

"저, 저기 저 날개 주인이 범인이 아닐 수도 있잖아?"

"순하지아나의 증언에 의하면 범인은 보통 나비 애벌레보다 머리가 크고 특이하게 생겼대. 거기다가 식욕이 엄청났다는 거야."

노빈손이 얼떨결에 말했다.

"그럼… 나네?"

"이제야 실토하는군. 애들아, 잡아라!"

자피주오가 소리치자 숲에서 개미들이 일제히 "와아!" 하고 함성을 지르며 뛰어나왔다. 한두 마리가 아니었다. 백 마리 아니, 천 마리도 넘을 것 같았다.

"나, 아니야!"

노빈손이 깜짝 놀라서 달아나기 시작했다.

자피주오가 등뒤에서 소리쳤다.

"그럼 누구야?"

노빈손은 사귈라비가 범인이라고 말해 버릴까 하다가 마음을 바꿨다. 다른 곤충도 아닌 누나를 고자질할 수는 없었다.

"나, 맞아!"

"이제야 실토하는군!"

한참 달아나다 보니 벼랑 끝이었다. 발밑은 까마득한 벼랑이었고 등뒤에서는 개미들이 새까맣게 몰려오고….

주변을 둘러보니 마침 허공에 넝쿨이 매달려 있었다. 노빈손은 뒤돌아서서 오던 길로 달리기 시작했다. 쫓아오던 자피주오가 멈춰 섰다.

"자수하려고?"

"자수? 하고 싶지!"

노빈손은 재빨리 몸을 돌렸다.

"그렇지만, 할 수가 없는 사정이 있네요!"

노빈손은 힘껏 달려가다가 허공으로 몸을 날려서 넝쿨을 잡았다. 그런 다음 반동을 이용해서 단숨에 벼랑을 건너갔다.

차세대 곤충학자는 누가 될까?
프랑스의 곤충학자 장 앙리 파브르(Jean Henri Fabre)는 학교 교사였지. 31세부터 곤충에 대한 연구를 시작했어. 1879년부터 1907년까지 곤충의 생태를 깊이 있게 관찰하여 10권의 곤충기를 썼어. 그로 인해 세계적으로 유명한 곤충학자가 되었지. 차세대를 이끌 유명 곤충학자는 누가 될까? 어쩌면 이 책을 읽는 사람 중에서 나올지도 몰라. 기대해 볼게.

"휴우―. 이제 살았다!"

노빈손은 땀을 닦으며 뒤를 돌아보았다.

개미들은 주춤하는가 싶더니 서로의 다리를 얽기 시작했다. 순식간에 계곡 위로 개미 다리가 놓였다. 그 위를 자피주오와 그의 부하들이 건넜다.

"우와, 대단하다! 아니지, 지금 감탄하고 있을 때가 아니야."

노빈손은 다시 달렸다. 모래벌판을 숨 가쁘게 지나는데 갑자기 무언가가 몸을 낚아챘다. 이내 뚜껑이 닫히는 듯하더니 깜깜한 어둠이 찾아왔다. 개미들의 요란한 발자국 소리가 머리 위에서 들렸다.

개미귀신과 전갈벌레

"희한하게 생긴 친구, 얌전히 있어! 내가 보호해 줄게."

시간이 지나자 서서히 어둠이 눈에 익었다. 옆에 있는 곤충을 자세히 보니 입이 흉측할 정도로 컸다.

"참, 친절하구나. 근데 너는 누구야?"

"본인으로 말할 것 같으면, 이 숲에서 둘째가라면 서러워할 명문 가문인 명주잠자리의 자손으로서, 흔히들 개미귀신이라고 부르지!"

헉! 곤충들에게 공포의 대상인 개미귀신?

노빈손은 마른침을 꿀꺽 삼켰다. 순간, 긴장한 때문인지 자신도 모르게 '뿡!' 하는 소리와 방귀 비슷한 가스가 새어나왔다. 노빈손은 기분이 영

찝찝했다. 시원하게 방귀를 뀐 것도 아닌 것이, 몸의 중간 중간에서 피식 피식 가스가 새어나오는 이 기분이란…. 개미귀신이 인상을 찡그렸다.

"찝찝해서 그러는데 한 가지만 물어보자. 뜨거운 열기 같은 걸 뿜어내는 걸 보니 폭탄먼지벌레 같기도 한데, 생김새를 보면 영 아니거든. 도대체 넌 정체가 뭐야?"

위기를 벗어날 수 있는 좋은 기회군.

노빈손은 잠들어 있던 뇌세포를 모조리 깨워서 부지런히 잔머리를 굴렸다.

"난 전갈벌레야."

"전갈벌레? 처음 들어 보는 이름인데?"

"알란가 모르겠는데 우리는 애벌레 때부터 전갈의 독을 먹고 자라. 그래서 흔히들 우리를 저승사자라고 부르지."

개미귀신이 눈을 크게 뜨고, 천진난만한 표정으로 "왜?" 하고 물었다.

"나를 먹으면 그 자리에서 죽거든."

노빈손은 능청스럽게 거짓말을 해댔다.

"푸하하하! 거짓말을 하려면 그럴듯하게 해야지. 전갈은 사막에 사니까 전갈벌레도 사막에 살 거 아냐. 그런데 어떻게 이 숲 속에 나타나?"

"넌 하나만 알고 둘은 모르는구

> **전갈은 자신의 꼬리에 찔리면 죽을까?**
> 전갈은 독이 있는 자신의 꼬리로 몸을 찔러서 죽음을 맞이한다는 전설이 있어. 그러나 프랑스 마르세유에 있는 국립과학연구소의 연구에 의해서 그 전설은 틀렸다는 것이 밝혀졌어. 비록 전갈의 독이 포유류의 근육과 신경을 마비시킬 정도로 강력하다 해도 전갈에게는 아무런 영향도 미치지 못한다는 거야. 가족이나 친구들끼리 장난치다가 꼬리로 찌른다 해도 별 영향이 없다는 거지.

나! 요즘 세상에 수입되지 않는 게 어디 있어? 나도 수입되어 온 벌레라고. 내 고향은 사하라 사막이야! 나도 뭐 여기 오고 싶어서 온 줄 알아?"

개미귀신이 의심의 눈길로 노려보았다.

"내 말이 믿기지 않으면 먹어 봐, 먹어 봐! 난 전신이 독이어서 입만 대도 넌 즉사하게 돼!"

"그런 거짓말에 내가 속아 넘어갈 것 같아?"

개미귀신이 성큼 다가서더니 그 큰 입을 떡억 벌렸다. 노빈손은 틀렸구나 싶어서 눈을 질끈 감았다.

그러나 한참을 기다려도 아무 일도 일어나지 않았다. 노빈손은 슬그머니 눈을 떴다. 개미귀신이 팔짱을 낀 채 인상을 잔뜩 찡그리고 있었다.

"나갓! 일주일 만에 가까스로 사냥에 성공했는데 윽, 이 냄새하며… 종족 불명의 해괴망측한 놈이 걸리다니."

개미귀신이 노빈손을 힘껏 걷어찼다. 노빈손은 모래밭에 사정없이 헤딩을 했다. 잠시 후, 정신을 차리곤 한바탕 진저리를 쳤다.

"휴우―. 가까스로 목숨을 건졌네."

하늘이 폭삭 무너지면 어떡해?

 한숨을 내쉬는데, 갑자기 등뒤에서 요란한 발자국 소리가 났다. 뒤를 돌아보니 누군가 쏜살같이 달려오고 있었다.

"앗! 길앞잡이다!"

노빈손은 기겁을 해서 달아났다. 그러나 길앞잡이가 워낙 빨라서 거리는 점점 가까워졌다. 이대로 가면 조만간 붙잡힐 것 같았다. 위기의 순간, 허공에서 웬 목소리가 들려왔다.

"일직선으로 달리는 척하다가 재빨리 옆으로 방향을 틀어!"

노빈손은 에라, 모르겠다 싶어 시키는 대로 일직선으로 달리다가 살짝 틀어서 잔디밭으로 몸을 날렸다. 눈앞에서 먹이가 사라지자 길앞잡이가 사방을 두리번거렸다.

"어디로 증발한 거야? 하늘로 날아갔나, 땅으로 꺼졌나? 그것 참, 신기하네!"

길앞잡이가 혼잣말을 중얼거리더니 멀어져 갔다.

그제야 노빈손은 일어나서 몸에 묻은 먼지를 털었다. 아까의 그 목소리가 다시 들려왔다.

"길앞잡이는 걸음은 빠른데 시력이 나빠. 그래서 눈앞의 먹이를 자주 놓치지."

"도와줘서 고마워! 그런데 넌 누구니?"

노빈손의 말이 떨어지기 무섭게 참나무 꼭대기에서 왕사슴벌레가 힘차게 날아왔다. 검은빛이 감도는 멋진 외피에 싸여 있는 왕사슴벌레는 마치 갑옷을 입은 중세의 기사 같았다. 톱니처럼 생긴 턱은 햇빛을 받아 번뜩였다.

"안녕, 난 하나마나라고 해."

"난 노빈손이야. 그런데 나무 꼭대기에서 뭐하고 있었니?"

"하늘을 올려다보고 있었어."

"하늘은 왜?"

"하늘은 만들어진 지 오래됐잖아. 낡은 지붕처럼 폭삭 무너지면 어떡해? 그래서 하늘이 언제 무너지나 감시하고 있었어."

"참, 걱정도 팔자다!"

하나마나는 싸움꾼일 것 같은 겉보기와는 달리 겁이 많은가 보았다.

"아, 종일 걸었더니 배고프다. 먹을 것 좀 없니?"

> 🎵 숲으로 놀러 와! 내가 길 안내해 줄게
> 산길을 가다 보면 한 발 앞서서 걸어가는 곤충 본 적 있지? 가까이 다가가면 3, 4미터 앞으로 날아가 앉고 또 다가가면 다시금 날아가고. 앞서가며 길을 안내한다고 해서 '길앞잡이' 야. 빠른 발을 이용해서 다른 곤충을 잡아먹고 살지. 그런데 발이 너무 빠르다 보니 한 가지 문제가 있어. 시각을 관장하는 머리 회전이 발보다 늦어서 종종 눈앞에서 먹이를 놓치곤 하지.

"먹고 싶은 게 뭔데?"

"햄버거, 피자, 양념치킨, 불고기, 순대, 김치찌개, 삼각 김밥, 자장면, 탕수육, 군만두, 삼겹살, 오리 숯불구이, 순두부…."

하나마나가 어이가 없는지 말허리를 싹둑 잘랐다.

"그냥 굶어라, 굶어! 아무래도 며칠 더 굶어야 정신 차리겠다."

"내가 좀 심했나?"

노빈손은 머리를 긁적거렸다. 맛있는 음식을 상상했더니 배에서 꼬르륵거리는 소리가 났다.

"달콤한 음식을 먹고 싶어."

"달콤한 음식이라… 저쪽에 가면 꿀이 있긴 한데…."

"꿀? 정말?"

노빈손은 귀가 번쩍 뜨였다. 어느새 입 안에 침이 흥건히 고이더니 주르륵 흘러내렸다. 자연스러운 연상작용이랄까.

"하지만 꿀을 먹으려면 용기가 필요해."

"용기라면 걱정 마! 용기하면 지구에서 노빈손을 따를 자가 없지. 내가 왕년에는…."

하나마나는 말을 듣지도 않고 곧바로 말했다.

"그래? 그럼 따라와 봐."

미심쩍은지 고개를 갸웃거리던

> **씨름을 좋아하는 사슴벌레**
> 우리는 수사슴의 뿔을 닮은 큰 턱을 갖고 있어서 흔히들 '사슴딱정벌레'라고 해. 썩은 참나무 밑둥치 속에서 애벌레 시절을 보내지. 봄이 되면 번데기로 변신했다가 고치를 벗고 나와 마침내 우람하고 늠름한 모습으로 변신하는 거야. 집게처럼 큰 턱으로 힘겨루기를 해. 수컷들은 먹을 것을 놓고 싸우기도 하고, 암컷과 짝짓기를 하기 위해서 싸우기도 해. 암컷들은 알을 낳기 좋은 장소를 놓고 싸우지.

하나마나가 앞장서서 걸음을 옮겼다. 숲으로 들어가자 윙윙거리는 벌들의 날갯짓 소리가 들려왔다.

"앗! 설마 벌집 안의 꿀을 말하는 건 아니겠지?"

"왜 아니겠어!"

노빈손은 잠시 당황했다.

"내가 제일 무서워하는 게 벌이야."

"아니, 그럼 꿀을 어디서 먹어? 당연히 벌집으로 와야지! 겁먹을 거 없어. 다 방법이 있으니까."

"어떻게?"

"이걸 입으면 돼."

하나마나가 낙엽 밑에서 벌 가면과 벌 껍질을 꺼냈다. 벌이 죽자 작은 곤충들이 껍질만 남기고 파먹은 듯했다.

"들키지 않을까?"

노빈손은 어느새 목소리가 떨리고 있었다.

"연기를 잘해야지. 만약 발각되면 내 이름을 불러. 내가 도와줄게."

"자신이 없어."

"충만하던 용기는 그새 어디 간 거야?"

"아무리 그래도 그렇지, 미치지 않고서야 어떻게 제 발로 벌집 안으로 들어가?"

"싫으면 관둬."

하나마나는 답답하다는 듯이 대꾸했다.

다시금 노빈손의 배에서 꼬르륵거리는 소리가 났다. 며칠을 굶었는지 기억조차 나지 않았다.

제 발로 걸어서 벌집으로 들어간 노빈손

 그래! 굶어 죽으나 벌에 쏘여 죽으나 죽기는 마찬가지야!

노빈손은 뱃속에서 꼬르륵거리는 오케스트라 연주가 계속되자 벌의 껍질을 입고, 가면을 뒤집어썼다.

"그런데 어떻게 올라가지?"

"내 등에 올라타."

노빈손은 하나마나의 등에 올라탔다.

"내가 보초병의 시선을 가릴 테니까 그 틈을 타서 재빨리 들어가."

"알았어."

하나마나는 벌들이 드나드는 동굴 위로 날아올랐다. 입구에는 보초를 서는 벌이 날아다니고 있었다.

지금이다!

노빈손은 하나마나가 거대한 몸집으로 보초병의 시선을 가린 틈을 타서, 날개를 퍼덕여 나는 척하며 슬쩍 벌집 안으로 들어갔다.

보초병이 흘낏 돌아보았다. 노빈손은 휘파람을 불며 깊숙이 들어갔다. 한쪽에서 벌들이 열심히 날갯짓을 하며 꽃가루를 씹어서 뱉고 있었다. 달콤한 꿀 냄새가 진동했다.

노빈손은 아무도 안 보는 틈을 타서 꿀을 입에 넣었다. 다른 벌들처럼 열심히 씹는 척하면서 조금씩 삼켰다.

우와! 왜 이렇게 맛있는 거야? 목숨 걸고 훔쳐 먹는 거라 그런가?

조마조마한 상태로 꿀을 먹고 있는데 갑자기 비상벨이 울렸다.

앗! 들킨 건가?

노빈손은 애써 두근거리는 심장을 진정시킨 뒤, 옆의 벌에게 물었다.

"무슨 일이야?"

"정찰 나온 말벌을 발견했다는 신호야. 말벌이 소굴로 되돌아가기 전에 붙잡아야 해."

"그냥 돌려보내면 안 돼?"

"그건 절대 안 돼! 그럼 말벌이 동료들을 데리고 올 거야. 말벌 3, 40마리만 몰려와도 우린 전멸이야."

벌들이 입구 쪽으로 모여들었다. 보초병이 싸움을 거는 척하며 유인했다. 말벌 한 마리가 겁도 없이 벌집 안으로 쑤욱 들어왔다. 그러자 수많은 꿀벌들이 말벌을 에워쌌다.

말벌은 꿀벌보다 덩치가 엄청나게 컸다. 말벌의 무자비한 공격에 몇 마리 꿀벌이 죽어 나갔다. 그러나 꿀벌은 물러서지 않고 오히려 말벌에

> **♪ 꿀벌이 춤추는 이유**
> 춤으로 꿀이 많은 곳의 위치를 알려 주기 위해 꿀벌은 춤을 춰. 서너 마리가 동그랗게 원을 그리면서 춤을 추면, 벌집부터 꿀이 있는 곳까지의 거리가 80미터 이내라는 뜻이야. 원을 그리는 횟수가 많고 빠를수록 꿀의 질이 좋다는 거지. 일명 '꼬리춤'이라고 불리는 8자 모양의 춤을 추면 80미터 이상 떨어진 곳이라는 뜻이야. 상세한 정보는 벌들이 '윙윙' 거리는 노래를 통해서 알려 준다.

게 새까맣게 달라붙었다. 그러곤 혼신의 힘을 다해서 몸을 문질러댔다.

"뭐하는 거야?"

"뭐하는지 몰라? 말벌을 공격하는 거잖아."

"공격하려면 벌침을 쏴야지, 왜 저렇게 간지럼을 태우는 건데?"

"앤 왜 이렇게 어리바리해! 간지럼을 태우는 게 아니라 몸을 비비는 거야. 말벌은 체온이 46도 이상 올라가면 죽어. 하지만 우리는 50도까지 버틸 수 있거든!"

말벌을 새까맣게 에워싸고 있던 꿀벌들이 마침내 떨어져 나갔다. 정말로 죽은 건지 말벌은 꼼짝도 하지 않았다.

"와아, 살인, 아니 살충을 했어!"

"사는 건 전쟁이야. 살아남기 위해서는 어쩔 수 없잖아."

노빈손이 꿀을 먹는 것도 잊은 채 이야기를 나누고 있는데 일벌 한 마리가 다가왔다.

"거기, 일들 안 하고 뭐하는 거야?"

"순찰병이야! 다음에 보자."

같이 있던 벌이 재빨리 자리를 떴다. 노빈손도 날아가려고 날갯짓을 했지만 생각처럼 몸이 떠오르지 않았다.

"이봐, 일은 안 하고 왜 이렇게 잡담만 하는 거야?"

"열심히 일하고 있는데요."

"처음 보는 얼굴인데? 어디 소속이야?"

노빈손이 얼떨결에 대답했다.

"네, 초록동 보육원 소속입니다!"

"뭐야?"

"아니… 3중대 5소대 소속입니다!"

"대체 무슨 소릴 하는 거야. 자네, 아무래도 수상해! 잠깐 좀 따라와 봐."

순찰병이 안쪽으로 끌고 가려고 하자 노빈손은 금방 본 말벌의 죽음이 생각났다. 아무래도 끌려갔다가는 살아서 못 나올 것 같았다.

일만 하다 죽는 일벌

분업화된 조직 사회를 이루고 사는 대표적인 곤충은 개미와 흰개미, 꿀벌이야. 꿀벌의 조직 사회는 개미와 유사한 점이 많아. 여왕벌을 중심으로 해서 그 밑에 수벌과 일벌이 있지. 여왕벌은 출산의 임무를 맡으면서 사회를 통치해. 수벌은 여왕벌과 혼인비행을 할 뿐 일을 하지는 않아. 벌 사회에서 해야 할 모든 일은 일벌의 몫이야. 그래서 여왕벌은 수명이 3~5년인데 비해, 일벌은 3개월에 불과해.

에라, 모르겠다!

노빈손은 돌아서서 달리기 시작했다.

"잡아라! 침입자닷!"

보초병이 앞을 가로막았다. 노빈손은 허공으로 몸을 날렸다. 열심히 날개를 퍼덕였지만 벌의 껍질에 붙은 가짜 날개여서 소용이 없었다. 몸이 공중에서 아래로 맥없이 추락했다. 벌들이 무리 지어 뒤를 쫓아왔다.

"하나마나야!"

땅으로 떨어지면서 노빈손은 하나마나를 목 놓아 불렀다. 그러나 아무런 대답이 없었다. 아무래도 맨땅에 머리를 부딪힐 것만 같았다.

이제, 정말 죽었구나!

노빈손은 절망감에 휩싸여 두 눈을 질끈 감았다.

몸이 어딘가에 세차게 부딪힌 뒤 떨어졌다. 눈앞이 어질어질했다.

잠시 후 정신을 차려 보니 뜻밖에도 앞에 하나마나가 있었다.

"고마워."

"천만에!"

감사의 인사도 잠깐, 등뒤에서 윙윙거리는 소리가 났다. 뒤를 돌아보니 벌들이 새까맣게 몰려오고 있었다.

"나 좀, 숨겨 줘!"

노빈손이 황급하게 소리쳤다.

하나마나가 커다란 턱으로 노빈손을 움켜쥐더니 그대로 공중에 내던졌다.

"사람 살려… 아니, 나비 애벌레… 아니, 나비가 될 뻔했던 노빈손 살려! 엄마… 아빠… 말숙아!"

벌들이 뒤에서 맹렬한 기세로 쫓아왔다. 노빈손은 하늘 높이 떠올랐다가 연못 속으로 풍덩 빠졌다. 허우적거리다가 정신을 차려 보니 벌 떼들이 머리 위를 빙빙 맴돌고 있었다. 노빈손은 재빨리 벌 껍질을 벗어 던지고 잠수했다.

숨을 오랫동안 참았다가 밖으로 나왔다. 벌 떼들은 쉽게 물러나지 않았다. 노빈손은 풀잎을 입에 물고 물속에 숨어서 숨을 쉬었다.

얼마나 지났을까. 한참 뒤에 고개를 빼고 보니 더 이상 벌들이 보이지 않았다. 다들 철수했구나 싶어서 연못 밖으로 나왔다. 순간, 윙윙거리는 소리가 또다시 들려왔다.

"이런! 아직 안 갔군!"

노빈손이 다시 연못으로 뛰어들려는데 하나마나의 목소리가 들려왔다.

"빈손아, 괜찮아. 쟤네들은 꽃등에야."

"정말?"

노빈손은 주춤하고 멈춰 섰다. 생김새는 영락없는 벌이었지만 자세히 보니 벌침이 없었다. 날개도 파리처럼 한 쌍밖에 달려 있지 않았다.

"와, 정말 많이 닮았구나."

물기를 털어내며 노빈손은 한숨

🎵 흉내쟁이, 꽃등에

꽃등에는 흉내쟁이야. 겉모습을 보면 영락없는 벌이거든. 그런데 자세히 보면 날개가 한 쌍밖에 없어. 꽃등에는 날개 한 쌍이 퇴화되어 버린 파리의 한 종류야. 꽃등에가 벌을 흉내 내는 이유는 오직 한 가지야. 그건 바로, 살아남기 위해서지! 동물들은 벌을 잡아먹기를 꺼려하거든. 벌을 잘못 건드렸다가는 쏘일 수 있으니까. 꽃등에는 꿀도 먹고, 안전하고! 일석이조라니까.

을 내쉬었다. 방랑자처럼 숲을 떠돌다 보니 서산에서 노을이 졌다.

어둠이 빠르게 내려앉았다.

"여기서 쉬었다 가자."

"좋아!"

노빈손은 참나무 아래 나뭇잎을 덮고 누웠다. 하나마나는 참나무 수액을 먹으러 나무 위로 올라갔다.

밤하늘의 별을 올려다보고 있으니 기분이 묘했다.

말숙이도 저 별을 보고 있을까? 엄마, 아빠는 내가 사라진 것을 알기나 하는 걸까? 냉장고 속에 넣어 둔 아이스크림을 누가 먹어 버린 건 아닐까?

몸은 피곤한데 이상하게 잠이 오지 않았다.

나, 돌아갈래!

노빈손은 떠오르는 태양을 바라보며 불쌍한 얼굴로 힘없이 앉아 있었다. 참나무에서 내려온 하나마나가 걱정스레 물었다.

"왜 이렇게 풀이 죽어 있어?"

"집에 가고 싶어!"

"그럼, 가면 되잖아?"

"집으로 가는 길을 모르겠어. 내가 어쩌다 곤충이 된 걸까? 본래의 내 모습을 되찾을 수만 있다면…"

하나마나가 고개를 갸웃거리다가 물었다.

"도대체 무슨 말을 하는 거야?"

노빈손은 힘없이 고개를 떨어뜨렸다.

"나도 잘 모르겠어. 생각하면 할수록 골치 아파!"

"그렇게 골치 아픈 문제라면 해결 방법은 딱 하나야."

"그게 뭔데?"

"허무하당 님께 여쭤 보는 거야."

"그분이 누군데?"

"숲의 철학자야! 골치 아픈 일들을 해결해 주는 해결사라 할 수 있지."

"와아, 대단하구나!"

"원래는 똥파리 제국의 황태자였어. 그런데 일주일 동안의 화려했던 파티를 마치고, 갑자기 삶에 회의를 느껴 출가하셨지. 동굴에서 오랜 세월 도를 닦아서 세상만사를 다 꿰고 계시지. 모르는 것만 빼고 다 아셔!"

마지막 말을 듣고 나니 실망스러웠다.

"뭐야? 그건 나도 마찬가지야!"

"근데 한 가지 결정적인 차이가 있어."

"뭔데?"

"넌 아는 게 몇 개 안 되지만 허무하당 님은 모르는 게 몇 개 안 된다는 거지."

> ♪ **곤충들을 먹여 살리는 참나무 아저씨**
> 참나무 아저씨는 밤낮으로 몰려드는 곤충들을 다 먹여 살려. 참나무 상처에서 흐르는 수액에는 당분과 공기 중의 이산화탄소와 반응해 산화되면서 생긴 알코올 성분이 들어 있어. 달콤하면서도 새콤한 맛이 나는데 곤충들이 최고로 치는 별미지. 그래서 낮에는 주로 장수말벌, 집게벌레, 네발나비 등이 날아와서 수액을 빨아먹고, 밤이 되면 사슴벌레와 장수풍뎅이가 날아와서 수액을 차지하지.

은근히 무시하는 하나마나의 말투가 귀에 거슬렸으나 노빈손은 꾹 참았다. 앞으로 잡다하지만 유용한 지식을 뽐낼 기회는 얼마든지 있으리라.

"그건 그렇다 치고…. 그분을 뵈려면 어디로 가야 하는 거야?"

"찾을 수 없을 거야. 허무하당 님은 좀처럼 모습을 드러내지 않으시거든."

"에이! 좋다 말았네."

"그렇지만 한 가지 방법이 있어."

"뭔데?"

"숲의 제전에서 우승하는 거야."

"숲의 제전은 또 뭐야?"

"매년 꽃들이 만개하는 봄이 되면 숲의 제전이 열려. 숲에서 가장 용감한 곤충을 뽑는 대회야. 허무하당 님도 그때는 참석하셔."

"그럼 그때를 노려야겠네. 그런데 우승하면 상품이 뭐야?"

"영웅 칭호를 받게 되고, 월계관을 쓰게 돼. 그리고 허무하당 님과 저녁 만찬을 즐길 수 있는 자격이 주어지지. 그때 소원을 말하면 허무하당 님이 들어주셔."

노빈손은 소원을 들어준다는 말에 귀가 번쩍 뜨였다.

"대회가 언제야?"

"모레!"

높이뛰기 세계 챔피언, 거품벌레
영국의 동물학자인 말콤 버리우스 교수가 이끄는 연구진이 높이뛰기 세계 챔피언을 가리는 실험을 했어. 그런데 놀랍게도 1위를 거품벌레가 차지했지. 그 전까지 공인된 세계 챔피언은 벼룩이었어. 3.3mm인 벼룩이 33cm를 뛰었거든. 그런데 6mm에 불과한 거품벌레가 무려 70cm를 뛴 거야. 뒷다리 한 쌍이 점프하는 순간, 1,000분의 1초 안에 초속 4,000m에 달하는 가속도가 붙는대.

"대회장까지 나를 데려다 줄래?"

"날 따라와! 나도 숲의 제전에 가는 중이었거든."

"잘됐네!"

"좋아! 우리, 멋진 승부를 펼쳐 보자."

노빈손은 하나마나와 힘차게 엉덩이 춤을 췄다.

숲의 제전이 열리다

숲의 제전은 자작나무 숲으로 둘러싸인 분지에서 열렸다. 분지는 온갖 꽃들로 뒤덮여 있었다.

하늘에는 곤충의 친구인 배꽃, 살구꽃, 복숭아꽃, 목련이 봄바람에 살랑거리고 땅에는 민들레, 조팝나무, 솜양지꽃, 할미꽃, 노루귀, 금붓꽃, 개나리, 제비꽃, 보춘화, 진달래, 매화, 금낭화, 산괴불주머니, 현호색, 처녀치마가 저마다 아름다운 자태를 뽐내고 있었다.

간이 무대에서는 매미와 여치, 베짱이가 합창을 했다. 아름다운 노랫소리가 숲에 은은하게 울려 퍼졌다. 이어서 나비의 무용발표회가 있었다. 노빈손은 혹시 사귈라비를 만날 수 있을까 싶어서 무대 위를 유심히 살폈지만 아쉽게도 찾을 수 없었다.

이어서 나비잠자리 편대의 곡예비행이 이어졌다. 여러 마리의 잠자리가 열을 맞춰서 날아가는 모습은 장관이었다. 화려한 비행에 곤충들이 일제히 환호했다.

식전 행사가 끝나고 장수하늘소가 해바라기 위에 올라가서 대회사를 했다.

"숲의 제전에 오신 곤충 여러분! 지구의 주인은 누구죠?"

곤충들이 한목소리로 외쳤다.

"곤충이오!"

"맞아요! 지구의 주인은 바로 우리들이에요. 우리는 지구의 역사와 함께해 온 산 증인이죠. 인간의 역사는 고작해야 2, 300만 년인데 곤충의 역사는 4억 년도 넘는답니다. 곤충은 지구상 최초로 하늘을 날았어요! 인간은 100여 년 전부터 하늘을 날기 시작했지만, 곤충은 무려 3억 5천만 년 전부터 하늘을 날아다녔죠. 여러분, 곤충으로서의 긍지를 잃지 마세요!"

다시금 박수 소리가 숲에 울려 퍼졌다.

"숲의 제전은 우리의 보금자리인 숲을 지킬 용맹스런 전사를 뽑는 자리예요. 숲의 제전에 참가하신 모든 곤충들은 마음껏 기량을 뽐내세요. 자, 그럼 숲의 제전을 시작하겠어요!"

장수하늘소의 외침과 동시에 꽃들이 축제의 시작을 알리는 꽃씨를 터뜨렸다. 봄바람을 타고 꽃씨가 풍선처럼 하늘로 두둥실 올라갔다.

"자, 참가 선수들은 출발선으로 이동하세요."

장수하늘소의 말이 떨어지자 수많은 곤충들이 출발지로 모여들었다. 노빈손도 하나마나와 함께 무리 속으로 들어갔다.

"여러분들 앞에 수많은 장애물이 놓여 있어요. 용감하고 신속하게 장애물을 뛰어넘어서 들판 한가운데 세워져 있는 깃발을 차지하면 우승자가 돼요. 단, 경기 규칙을 준수해야 해요. 물을 건널 때는 날개 달린 곤충도 반드시 수영을 해야 하고, 달리기 구간에서는 날개 달린 곤충도 달려야만 해요. 규칙을 위반하면 실격이에요. 자, 셋과 동시에 출발하세요. 하나, 둘, 셋!"

'셋'을 셈과 동시에 폭탄먼지벌레가 요란하게 방귀를 뀌었다. 지독한 냄새가 순식간에 주변으로 퍼졌다. 수많은 곤충들이 일제히 달려 나갔다.

첫 번째 장애물은 일정한 간격으로 놓인 허들이었다. 거품벌레가 놀라운 점프력으로 허들을 뛰어넘었다. 그 뒤를 대유동방아벌레, 메뚜기, 길앞잡이, 사마귀가 앞서거니 뒤서거니 하면서 따라갔다. 하나마나도 슬쩍 날개를 이용해 허들을 뛰어넘었다. 그러나 순위는 중간 정도였다.

노빈손은 장대를 잡고 가까스로 허들을 뛰어넘었다. 그러나 아무리 넘어도 끝이 보이지 않았다.

"이건 승산 없는 경기야. 날개가 있다면 몰라도…."

얼마 안 가서 노빈손은 털썩 주저앉았다. 만만하게 여긴 것이 실수였다. 그러나 무심코 뒤를 돌아보자 굼벵이 한 마리가 허들에다 사다리를 걸쳐 놓고 부지런히 기어오르고 있었다.

"허걱! 이럴 수가. 굼벵이도 포기

> 🎵 **기어다니는 생체 폭탄, 폭탄먼지벌레**
> 🐞 예전의 내 이름은 '방귀벌레'였어. 적이 나타나면 히드로퀴논(hydroquinone)과 과산화수소 같은 물질을 반응실로 전달한 다음, 효소를 이용해서 퀴논과 물과 산소를 동시에 방출하는 거야. 이 순간, 산소가 밖으로 터져 나오면서 폭탄이 터지듯 폭발음이 일어나지. 요란한 소리에 깜짝 놀라고, 고약한 냄새에 기겁을 해서 다들 달아나지. 히히 방귀는 나의 생존 무기야.

하지 않는데 천하의 노빈손이 포기할 수는 없지!"

노빈손은 다시 힘을 내서 허들을 넘기 시작했다. 마지막 허들을 넘자, 물구덩이가 나왔다. 소금쟁이는 물 위를 맨땅처럼 달렸고 물방개, 물땡땡이, 물맴이가 능숙한 솜씨로 헤엄을 쳤다. 날개 달린 곤충들도 날개를 이용해서 파닥거리며 헤엄을 쳤다.

"철인3종경기보다 더 어렵네!"

노빈손은 개헤엄을 쳤다. 열심히 팔다리를 휘저어 보지만 몸은 좀처럼 앞으로 나아가지 않았다. 가까스로 웅덩이를 건너고 나자 팔다리가 후들거렸다.

"으악! 이번에는 절벽이네!"

까마득한 절벽 사이에 갈대로 만든 외나무다리가 여러 개 놓여 있었다. 곤충들이 용감하게 외나무다리를 건너갔다.

그러나 하나마나는 외나무다리 앞에서 주춤거리고 있었다.

"뭐하고 있어? 건너가지 않고?"

노빈손은 하나마나를 재촉했다.

"무서워! 떨어지면 어떡해?"

"날개가 있는데 무슨 걱정이야? 떨어지면 날개를 펴고 다시 날아오르면 되잖아?"

"만약 날개가 안 펴지면?"

"이그그! 날개가 낙하산이냐? 꼭

> **곤충, 최고의 겁쟁이는?**
> 곤충들이 자신을 지키는 방법은 여러 가지인데 그 중 하나는 죽은 척하는 거야. 사슴벌레는 겉모습은 용감해 보여도 나무가 심하게 흔들리면 죽은 척하고 나무에서 떨어지. 딱정벌레 무리 중에는 이런 곤충이 많아. 그러나 바구미는 위기를 느끼면 기절하는 척하는 게 아니라 정말 기절해. 2~3분 동안 까무러쳤다가 제정신을 차리지. 곤충 세계 최고의 겁쟁이는 바로, 바구미야.

걱정을 해도 하나마나한 걱정만 골라서 한다! 나 먼저 갈 테니까 천천히
와."

　노빈손이 외나무다리를 건너려 하자 바람이 불어왔다. 몸이 휘청거렸
다. 아무래도 그냥은 안 될 것 같아 풀잎을 뽑아들었다. 곡예사처럼 풀잎
으로 몸의 중심을 잡으며 다리를 건너기 시작했다.

　"빈손아, 같이 가!"

　중간쯤 건넜을까? 갑자기 하나마나가 용감하게 외나무다리를 건너오
기 시작했다. 그 바람에 외나무다리가 휘청거렸다.

　"어어?"

노빈손은 중심을 잃고 쥐고 있던 풀잎을 떨어뜨렸다. 밑으로 떨어지려는 순간, 가까스로 두 팔로 외나무다리를 붙들었다. 밑을 내려다보았다. 까마득한 벼랑 아래로 계곡물이 빠른 속도로 흘러가고 있었다.

아찔했다.

정신을 차리고 노빈손은 철봉하듯이 몸을 힘차게 굴려서 다리 위로 올라왔다.

"휴우~."

무사히 다리를 건너자 이번에는 너른 들판이 펼쳐졌다. 깃발은 어디에도 보이지 않았다. 곤충들은 무작정 앞을 향해 달리고 있었다.

우선 깃발이 있는 장소부터 찾아야 해!

주변을 두리번거리고 있는데 하나마나가 무사히 다리를 건너왔다.

"안 가고 뭐해?"

노빈손이 팔짱을 낀 채로 진지하게 말했다.

"땅이 꺼지면 어떡하지?"

노빈손의 말에 하나마나의 얼굴이 하얗게 질렸다.

농담을 저렇게 진지하게 받아들이다니….

"우리, 저 위로 올라가서 땅이 꺼진 곳은 없나 살펴보자!"

노빈손이 느티나무를 가리켰다.

> **소금쟁이는 어떻게 물 위를 걸을까?**
> 물 위를 신나게 달리는 소금쟁이를 본 적 있니? 소금쟁이는 소금장수가 소금이 물에 젖지 않게끔 지게를 지고 조심스럽게 걸어가는 모습을 닮았다고 해서 붙여진 이름이래. 소금쟁이가 물 위를 걸을 수 있는 건 '표면장력' 때문이야. 소금쟁이의 몸무게는 고작 0.02g밖에 나가지 않아. 다리는 짧은 털들로 뒤덮여 있는 데다 가운뎃다리와 뒷다리 끝에서 기름까지 배어나와 물 위를 걸어도 발이 젖지 않는 거야.

"좋아!"

하나마나는 노빈손을 등에 태우고 느티나무 꼭대기로 날아올랐다. 노빈손이 깃발을 찾아 사방을 두리번거리고 있는데 하나마나가 물었다.

"땅이 꺼진 곳은 없니?"

아주 먼 곳에 하얀 게 펄럭이고 있었다. 움직이지 않고 한곳에서 펄럭이는 걸 보니 깃발이 분명했다.

"찾았다!"

"땅이 꺼진 곳?"

"아니, 깃발!"

노빈손과 하나마나는 다시 땅으로 내려왔다.

"깃발이 어느 쪽에 있어?"

"서편이야! 지는 태양을 향해서 달리면 돼!"

벌판은 달리기 구간이었다. 노빈손과 하나마나는 앞서거니 뒤서거니 하면서 달리기 시작했다. 나무 위에서 보았을 때는 거리가 얼마 되지 않는 것 같았는데 가도 가도 깃발은 보이지 않았다.

해는 빠른 속도로 기울었다. 노빈손도 지쳤고, 하나마나도 지쳤고, 다른 곤충들 모두 지칠 대로 지쳤다.

겨우겨우 힘을 내서 달리다 보니 깃발이 보였다.

그 주변으로 수많은 곤충이 모여 있었다. 곤충들은 서로 먼저 깃발을 차지하기 위해서 기를 쓰고 장대를 기어오르는 중이었다. 장대가 곤충의 무게를 이기지 못하고 한쪽으로 심하게 기울어졌다.

"뭐하고 있어? 우리도 빨리 올라가자!"

하나마나가 장대를 오르는 곤충 무리에 합류했다. 노빈손은 잠시 잔머리를 굴리다가 장대가 기울어져 있는 쪽으로 달려갔다.

시간이 지나자 장대를 오르려는 곤충은 점점 늘어났고, 장대 꼭대기에서는 깃발을 먼저 차지하기 위한 곤충들의 난투극이 벌어졌다.

그러다 어느 한순간, 장대가 와직 하면서 부러졌다. 곤충들이 비명을 지르며 우수수 떨어졌다. 노빈손은 재빨리 손을 내밀어 떨어지는 깃발을 낚아챘다.

"히히! 이것이 바로 어부지리(漁父之利)라는 거야!"

노빈손이 번쩍 깃발을 치켜들자 경기 진행자인 장수하늘소가 옆으로 다가왔다.

"이름은?"

"노빈손!"

장수하늘소가 노빈손의 손을 들어 올렸다.

"승패는 가려졌소! 올해의 우승자는 용기와 지혜를 겸비한 노빈손!"

허무하당과의 허무한 만남

 숲에서는 캠프파이어와 함께 성대한 연회가 벌어졌다. 찌르레기의 흥겨운 노랫소리에 맞춰서 곤충들이 캉캉춤을 췄다.

노빈손은 연회석상에서 허무하당을 만났다. 허무하당은 연회에는 흥미도 없다는 듯 팔짱을 낀 채 밤하늘의 별을 올려다보았다.

똥파리가 폼은 엄청 잡는군!

노빈손은 똥파리에게 도움을 청해야 하는 자신의 처지를 생각하니 기가 막혔다. 그래도 일단은 환심을 살 필요가 있었다.

"훌륭한 자태십니다. 마치 로댕의 조각품인 「생각하는 사람」 같네요."

"생각하는 사람이 아니라 생각하는 파리겠지!"

노빈손은 잠시 생각하다가 손바닥으로 자신의 이마를 쳤다.

"아, 그러네요. 생각하는 똥파리!"

허무하당이 똥 씹은 표정으로 째려보자 노빈손은 급하게 덧붙였다.

"…가 아닌, 생각하는 금파리!"

그제야 허무하당의 인상이 활짝 펴졌다.

"그래, 그대의 소원은 무엇인가?"

기다리고 기다리던 순간이었다. 노빈손은 잠시 흥분을 가라앉힌 뒤 입을 열었다.

"전 원래 곤충이 아닌 인간이에요. 근데 제가 어떻게 곤충 세계에 오게 되었는지 도무지 이해가 안 돼요!"

"그 까닭을 알고 싶다는 건가?"

노빈손은 자기도 모르게 고개를

> **파리와 나비는 발로도 맛을 볼 수 있다?**
> 맛을 느끼는 감각기관을 '미뢰' 라고 해. 인간의 미뢰는 대부분 입속에 있지. 그런데 파리는 미뢰가 입에도 있지만 발에도 있어. 배가 고플수록 미뢰가 단맛에 민감해지는데 10일쯤 굶으면 700배나 더 예민해지지. 나비도 발로 단맛을 감지할 수가 있는데 배가 고프면 0.003%의 저농도 설탕물까지 찾아낼 수 있다는 거야. 이것은 놀랍게도 사람의 혀보다 200배나 민감한 수치야.

끄덕이려다가 퍼뜩, 한 가지 소원만 들어준다는 말이 떠올라서 재빨리 머리를 흔들었다.

"아뇨! 저를 다시 인간으로 만들어 주세요!"

"이랬다 저랬다 하지 마라. 헷갈린다!"

허무하당이 인상을 찌푸렸다. 그는 한동안 아무 말도 없이 열심히 손을 비벼 댔다. 파리가 앞다리를 비비는 건 미각 기능이 있는 다리를 청결하게 하기 위함이었다.

한동안 손을 비비던 허무하당이 식탁에 놓여 있는, 고약한 냄새가 나는 주스를 한 모금 들이켰다. 노빈손은 속이 울렁거려 토하고 싶은 것을 가까스로 참았다.

"다알지옹을 찾아가라!"

허무하당은 불쑥 한마디만 남기고는 하늘 높이 날아올랐다.

"허무하당 님, 그냥 가시면 어떡해요?"

"기한은 정확히 사흘이다! 사흘째 되는 날, 정오까지 그를 찾아가지 못하면 모든 게 허사가 되니라."

"가실 때는 가시더라도 제 소원을 들어주셔야죠!"

노빈손이 목놓아 불렀으나 소용이 없었다. 허무하당은 똥파리 특유의 요란한 날갯소리를 내며 연회장을 빠져나갔다. 갑자기 눈물이 핑 돌았다.

"허무하당! 숲의 제전에서 우승하기 위해 얼마나 고생했는데…."

하나마나는 침착하게 노빈손을 위로했다.

"실망하긴 일러. 허무하당 님 말씀대로 일단 다알지옹을 찾아가 보자."

"다알지옹은 또 누구야?"

"매미 할아버지인데 자손이 워낙 많아서 세상만사를 꿰뚫고 있는 분이시지."

"어디 사시는데?"

"호수 저편의 참나무 숲에 사셔. 내가 동행해 줄 테니, 아침 일찍 길을 떠나자!"

"그래. 어쨌든 고마워."

노빈손은 일단 근심 걱정은 접어

🎵 **곤충들의 겨울나기**

곤충들은 온도가 낮아지면 체온도 뚝 떨어져. 그래서 추위에 강한 알이나 번데기 상태로 겨울을 견디지. 그동안에는 먹이가 될 만한 식물도 없어서 단체로 굶게 되는 거야. 그저 자면서 추운 겨울이 지나가기를 기다리지. 무당벌레들은 한곳으로 모여들어서 겨울을 나는데, 이 모임에 참여하려고 수 km나 떨어진 곳에서 찾아오기도 한대. 서로 뭉치면 봄까지 살아남기가 쉽고 짝짓기 하기도 쉽거든.

두기로 했다. 밤새 고민한다고 해서 해결될 일도 아니었다. 다알지옹을 만나면 모든 걸 알게 되리라.

노빈손의 취재파일
– 버섯 농사를 짓는 잎꾼개미

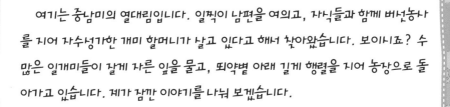

여기는 중남미의 열대림입니다. 일찍이 남편을 여의고, 자식들과 함께 버섯농사를 지어 자수성가한 개미 할머니가 살고 있다고 해서 찾아왔습니다. 보이시죠? 수많은 일개미들이 잘게 자른 잎을 물고, 뙤약볕 아래 길게 행렬을 지어 농장으로 돌아가고 있습니다. 제가 잠깐 이야기를 나눠 보겠습니다.

노빈손　　더운 날씨에 수고가 많으십니다. 자기소개를 해 주시죠.

일개미　　노빈손 애독자 여러분, 안녕하세요? 저는 '왕할머니 버섯농장'의 총무과에 근무하고 있는 일개미 333,777이에요.

노빈손　　333,777이란 숫자는 무엇을 의미하죠?

일개미　　할머니의 333,777번째 딸이라는 뜻이에요.

노빈손　　아, 그렇군요! 그런데 지금 수많은 잎을 운반 중이신데 식사에 쓸 건가요?

일개미　　아니에요. 버섯 재배에 사용할 거름이에요.

노빈손　　싱싱한 잎을 거름으로 쓴다니 다소 의외군요. 어떻게 거름으로 사용되는지 굴 안으로 들어가 볼까요?

　　굴 안에 들어가니 다른 일개미들이 기다리고 있다가 잎을 건네받는군요. 곧바로 잎을 입으로 잘근잘근 씹어서 준비해 놓은 배널물속에 넣네요. 작업이 끝나자마자 다른 일개미들이 잎 반죽을 가져가는군요. 도대체 어디다 쓰려는 걸까요? 우리도 옆방으로 건너가 보죠.

이 방에는 마른 잎이 깔려 있네요. 개미들이 잎 반죽을 잎 위에다 골고루 까는군요. 마치 피자를 만들 때처럼 편평하게 깔아놓네요. 작업이 끝나자마자 다른 일개미들이 몰려와서 그 위에다 뭔가를 심는군요.

노빈손   수고가 많으십니다. 자기소개를 잠깐 해 주시죠.

일개미   안녕하세요, 저는 생산 3과에 근무하고 있는 일개미 2,345,888입니다. 할머니의 2,345,888번째 딸이죠.

노빈손   상당한 미모시네요.

일개미   고마워요, 호호호!

노빈손   지금 심는 게 뭔가요?

일개미   버섯이에요. 옆방에서 키우고 있던 버섯의 일부를 떼어다가 심는 거죠. 그럼 여기서도 버섯들이 자라나거든요.

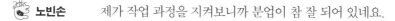

노빈손	제가 작업 과정을 지켜보니까 분업이 참 잘 되어 있네요.
일개미	그게 우리 농장의 자랑이에요. 미인이 많다는 것과 함께요. 호호호!

놀랍게도 여기 개미들은 모두 역할이 나뉘어져 있네요. 잎을 운반하는 개미가 있고, 굴 입구에는 보초 서는 개미가 있고, 집내를 청소하는 개미가 있고, 잎을 잘게 부수는 개미가 있고, 농사를 전담하는 개미가 따로 있군요. 그럼 이번에는 안으로 들어가서 농장 주인인 여왕개미 할머니를 만나 보겠습니다.

노빈손	안녕하세요, 실례지만 올해 연세가 어떻게 되시나요?
여왕개미	스무 살이에요. 정확한 여왕개미의 수명은 모르겠지만 개미 나이로는 적지 않은 셈이죠.
노빈손	자손들이 무척 많던데 모두 몇 명이나 되죠?
여왕개미	정확한 숫자는 저도 몰라요. 대략 5백만 마리쯤 되지 않을까 싶네요.
노빈손	우와! 어떻게 이렇게 많은 자손들을 낳으셨어요?
여왕개미	비결은 수개미들과 혼인비행을 할 때 '저정낭'에 최대한 많은 정자를 비축해 두는 거예요. 저는 2억 개 정도를 비축해 두었죠. 두고두고 자손을 낳는 거죠.
노빈손	버섯농장을 하려면 종자가 있어야 할 텐데 버섯 종자는 어디서 구하셨나요?
여왕개미	출가할 때 친정에서 씨 버섯을 감춰서 가지고 나왔어요.
노빈손	아니, 어디에다요?
여왕개미	여왕개미들은 입 안에 작은 주머니가 있죠. 그 안에 숨겨서 나오

는 거예요. 그런 다음 혼인비행을 치르고, 버섯농장에서 일을 할 아이들이 자라나면 씨 버섯을 뱉어서 농사를 짓기 시작하는 거죠.

노빈손 처음에는 농장이 아주 작았겠네요?

여왕개미 물론이죠! 저는 열심히 자손을 낳고, 자손들이 열심히 농사를 짓다 보니 점점 넓어져 지금에 이르게 된 거죠.

노빈손 바쁘신데 취재에 응해 주셔서 대단히 감사합니다.

여러분, 잘 보셨습니까? '왕할머니 버섯농장'을 방문해 보니 '시작은 미약하지만 끝은 창대하리라'는 성경 말씀이 떠오르는군요. 작은 여왕개미 한 마리가 이토록 광대한 제국을 세웠다니 정말 놀랍네요. 여러분들도 거대한 꿈을 가슴에 품고서 한 발, 한 발 내딛다 보면, 언젠가는 그 꿈을 이룰 날이 있을 겁니다.

지금까지 중남미에서 노빈손 통신원이었습니다!

위험한 여행

불친절한 거미 씨

　새벽에 길을 떠났다. 여명 속을 한참 걷다 보니 나뭇잎 사이로 찬란한 햇살이 쏟아져 내렸다.

노빈손이 하나마나에게 물었다.

"너는 우승하면 무슨 소원을 들어달라고 할 작정이었니?"

"난 용기를 달라고 할 생각이었어."

"그랬구나! 그런 문제라면 허무하당 님에게 도움을 청할 필요도 없잖아."

"왜?"

"용기는 누가 주는 게 아니라 네 안에 있는 거니까."

"내 안에 있다고?"

"그래. 너는 단지 그것을 끄집어내지 못하고 있을 뿐이야. 물론 때가 되면 너도 끄집어내겠지만."

"어려워서 무슨 말인지 모르겠다. 빈손아, 너도 인간 세계에서 철학자였니?"

참내! 나처럼 활동적인 인간더러 철학자라니!

"난 탐험가야. 이 세상 어디를 간다 해도 두려워하지 않는…."

노빈손은 말을 채 끝내기도 전에 어딘가에 세차게 부딪혔다. 몸이 따끔거렸다. 혹시 선인장인가 싶어서 올려다보았다.

"으악!"

놀랍게도 곤충의 천적인 거대한 거미였다. 노빈손은 기겁을 하고 뒤로 물러났다. 거미가 네 쌍의 긴 다리를 이용해서 순식간에 다가왔다. 거미줄을 확 뿜어내더니 빠르게 몸을 친친 감았다.

"하나마나야, 도와줘!"

"무, 무서워!"

하나마나는 노빈손의 비명에 아랑곳하지 않고 날개를 펴고 나무 위로 푸드덕 날아갔다. 거미줄이 이내 노빈손의 온몸을 친친 감았다. 거미가 입맛을 다시며 다가왔다.

"참, 특이하게 생겼네. 오늘은 모처럼 특식을 하겠구나!"

침착하자! 위기에 빠졌을 때일수록 침착해야 해.

노빈손은 떨리는 가슴을 진정시키는 한편, 빠져나갈 방법을 강구했다.

노빈손, 침착하자, 침착….

문득, 좋은 생각이 떠올랐다.

"잘생긴 거미 님!"

기분이 좋은지 거미가 씩 웃었다.

"녀석! 생긴 건 희한해도 보는 눈은 있네."

노빈손이 우는 연기를 실감나게 했다.

"흑흑! 너무 억울해요!"

"대체 뭐가 억울하다는 거야? 나

거미는 곤충일까?

거미를 곤충이라고 착각하는 경우가 많은데 거미는 곤충강이 아닌 거미강에 속해. 곤충과는 많이 다른 절지동물이야. 곤충이 되려면 최소한 두 가지 조건을 갖춰야 해. 몸체는 머리, 가슴, 배 세 마디여야 하고, 다리는 세 쌍이어야 해. 이제 왜 거미가 곤충이 아닌지 알겠지? 거미는 다리가 네 쌍인 데다 머리와 가슴이 구별되지 않거든. 곤충과 비슷한 느낌이더라도 거미는 자격 미달이야!

한테 먹히는 게 그렇게 억울해?"

"먹고 먹히는 거야 곤충 세계에서 흔히 있는 일인데 뭐가 그리 억울하겠어요? 도리어 이토록 잘생긴 거미 님한테 잡혀 먹힌다면 더할 나위 없는 영광이죠."

"그런데 뭐가 억울하다는 거야?"

"저는 세상에 흩어져 있는 재미있는 이야기를 모으는 게 취미거든요."

"장난감도 아니고, 이야기를 모은다고? 생긴 것처럼 취미도 유별나군!"

"태어나서부터 여태까지 수많은 이야기를 모았어요. 그런데 흑흑….

그토록 재미있는 이야기들을 한 번도 들려주지 못한 채 나만 알고 죽어야

하다니… 너무 억울해요!"

거미가 수긍을 하는지 고개를 끄덕였다.

"그러니까 죽기 전에 이야기를 들려주고 싶다 이거군."

"네, 바로 그거예요!"

"그럼, 내가 들어 주면 되겠나?"

노빈손은 반색을 했다.

"들어 주시게요? 정말 자비로우신 분이시네요!"

"좋아! 배가 몹시 고프니까 하나만 해 봐."

"혹시 「알리바바와 40인의 도적」 이야기 아세요?"

『천일야화』에는 몇 개의 이야기가 들어 있나?
『천일야화』, 『아라비안나이트』로 불리는 이 작품의 원래 제목은 『1001개의 밤』이야. 아랍어로 쓰인 설화집으로 수많은 독자들의 사랑을 받아왔어. 영리한 처녀가 매일 밤 페르시아 왕에게 재미있는 이야기를 들려주면서 목숨을 유지해 나간다는 거야. 그 안에 주요 이야기 180편, 짧은 이야기 100편이 있지. 「알리바바와 40인의 도적」은 『천일야화』 속에 나오는 이야기 중의 한 편이야.

"그게 뭔데?"

"『아라비안나이트』에 나오는 이야기인데요, 무지무지 재미있어요."

"그래? 그럼, 시작해 봐!"

거미가 팔짱을 끼며 말했다.

"옛날 옛적에 40인의 무시무시한 도적이 살고 있었답니다."

노빈손은 가급적 말을 천천히 했다.

"도적들은 동네 애들이 진흙으로 마구 빚어 놓은 것처럼 생겼지만 우애
가 깊었어요. 잠잘 때도 함께 자고, 도적질을 할 때도 모두 함께 움직였죠.

그러던 어느 날, 아랫마을에 황금알을 낳는 거위가 있다는 소식이 들려왔고 도적들은 거위를 훔쳐 오기로 작전을 짰어요. 그런데 아랫마을로 가려면 큰 강을 건너야 했죠. 강은 며칠 전에 내린 비로 인해 강물이 엄청나게 불어나 있었어요. 도적들은 한꺼번에 강을 건너면 몰살당할 수 있으므로 한 명씩 건너기로 했답니다. 첫 번째 도적이 옷과 칼을 머리에 이고서 어렵게 강을 건넜어요. 그러자 두 번째 도적이 강을 건넜고, 하마터면 강물에 휩쓸려 갈 뻔했는데 가까스로 건넌 거죠. 무사히 강을 건넌 걸 보고 세 번째 도적도 시도했어요. 세 번째 도적은 강물에 휩쓸려 10여 미터쯤 하류로 떠내려갔는데 다행히 헤엄을 잘 쳐서 강을 건너갔죠. 네 번째 도적이…."

"그만!"

"왜요? 이 이야기는 뒤로 갈수록 재미있는데…."

거미가 의심의 눈길로 실눈을 뜨고 노려보았다.

"아무래도 시간을 질질 끌려는 수작 같아."

이크, 들켰구나 싶었지만 노빈손은 당황하지 않고 태연하게 말했다.

"재미없어요? 그럼 『천년학』의 성장 이야기를 들려드릴까요?"

"됐어! 더 이상 배고파서 못 참겠다."

거미가 입을 떠억 벌렸다.

🎵 생존력 강한 그대 이름은 거미!
거미는 강인한 생존력을 지니고 있어. 그래서 종류도 무척 다양하지. 전 세계에 약 3만 종, 한국에만 600여 종이 있어. 물속을 제외한 지구 전역에서 살아가는데 땅속은 물론이고 해발 6,700m나 되는 고산지대에서도 발견되곤 해. 거미는 크게 나누면 두 종류야. 허공에다 거미줄을 쳐서 먹이를 잡아먹고 사는 점좌성 거미와 먹이를 찾아서 방랑하는 배회성 거미로 나뉘지.

세상에서 가장 아름답지 않은 연주

아, 거미의 먹이가 될 줄이야!

어렸을 때는 거미를 잡아다가 장난 치며 놀기도 했는데 이제는 거미의 먹이가 되다니. 흉측한 거미의 입속을 들여다보다가 노빈손은 모든 것을 체념하고 두 눈을 감았다.

그때였다.

"한참 재미있게 듣고 있는데 왜 중단시켜?"

숲 속에서 잠자리 같기도 하고 방아깨비 같기도 한, 애매하게 생긴 곤충 한 마리가 천천히 걸어 나왔다. 동그란 눈 때문에 약간 백치미가 느껴졌다.

훼방꾼이 나타나자 거미는 불쾌한 기색으로 물었다.

"넌 또 뭐야?"

"이름은 들어 봤나, 몰라! 난 이 세상 최고의 낭만 음악가, 고장차!"

고장차가 스파이더맨처럼 오른 다리를 앞으로 쭉 내밀었다.

"요즘 왜 이렇게 숲이 엉망진창이 됐지? 머리가 크고 해괴하게 생긴 곤충에다, 뜬금없이 음악가라니…. 네 놈도 함께 먹어 주마!"

거미가 거미줄을 발사하려고 포즈를 취했다.

"잠깐! 너의 사악한 마음을 아름다운 음악으로 순화시켜 주지."

"음악으로 내 결심을 바꾸겠다고? 좋아. 모처럼 식사 전에 아름다운 음악이나 한 곡 들어 보자."

고장차가 풀피리를 불기 시작했다. 그러나 피리 소리라기보다는 그릇 깨지는 소리에 가까웠다. 노빈손은 귀를 틀어막았고, 거미는 인상을 구겼다.

"이상하네, 눈물을 철철 흘려야 정상인데…."

고장차가 고개를 갸웃거렸다.

"이런 허풍쟁이 같으니라고! 너부터 먹어 주마!"

거미가 달려들려는 순간, 숲에서 또 다른 거미가 튀어나왔다.

"뭐가 이렇게 시끄러워!"

이제 정말 죽었네!

한 마리도 감당하기 힘든데 두 마리라니. 이 상황을 어떻게 헤쳐 나가야 할지 몰라 낙담해 있는데 눈앞에서 믿지 못할 일이 벌어졌다.

숲에서 나타난 거미가 물었다.

"너는, 집 나간 둘째 아니냐?"

"어, 어머님!"

"그래, 이놈아! 도대체 어디서 뭘 했던 거야? 편지 한 통 없이!"

난데없이 거미들이 이산가족 상봉을 하는 게 아닌가. 그 사이 하나마나가 나무에서 내려와 재빨리 거미줄을 풀어 주었다. 노빈손은 하나마나의 등에 올라탔다.

> **곤충들의 집짓기**
> 곤충들은 각자의 방식으로 집을 짓는데, 개미들은 나무에 굴을 파다가 서로 다른 종류의 개미끼리 만나기도 해. 굴에서 맞부딪히면 처절한 전쟁이 시작되지. 한쪽 개미들이 전멸할 때까지 말이야. 이긴 개미들은 상대편 집까지 차지하게 돼. 기생벌 무리는 집을 짓지 않는데, 다른 곤충의 알이나 살아 있는 애벌레, 번데기 속에 알을 낳아. 기생벌의 애벌레들은 그 곤충을 먹고 자라니까 그 곤충이 집이 되는 셈이야.

고장차는 공포에 하얗게 질려 있다가 씨익, 미소를 지었다.

"어쨌든, 성공!"

숲에서 만난 최초의 인간

 "미안해! 너만 남겨 놓고 도망가서."

한적한 숲에 내려놓으며 하나마나가 사과했다.

"아냐, 그래도 네가 날 구해 줬잖아! 거미들이 한눈판 틈을 타서. 어쨌든 그것도 대단한 용기야."

다정하게 이야기를 나누고 있는데 고장차가 허둥거리며 달려왔다.

"같이 가!"

"넌 도대체 정체가 뭐야? 잠자리도 아니고, 음악가도 아니고…."

"나? 믿지 않겠지만 난 원래 인간이야."

노빈손은 깜짝 놀라서 반문했다.

"네가 인간이라고? 정말이야?"

"그래!"

노빈손은 너무 반가워서 눈물이 나려 했다. 나와 같은 처지의 곤충이 또 있다니!

"그런데 어떻게 하다 곤충 세계에 오게 된 거야?"

"이야기하자면 길어. 휴우—"

고장차는 땅이 꺼져라 길게 한숨을 내쉬었다.

"난 원래 햄버거 배달 기사인데 한 가지 징크스가 있어."

"무슨 징크스?"

"멀쩡하던 차도 내가 몰면 고장이 나는 거야. 도대체 왜 그런지 모르겠어."

고장차라는 이름 때문일까? 노빈손은 고개를 갸웃거렸다. 이름만 떼어내서 부르면 그리 나쁜 이름도 아니었다.

"어쨌든 그 날도 차를 몰고 신나게 배달을 다니고 있는데 차가 고장 난거야. 고장 난 곳을 찾아서 한참 수리를 하고 있는데 손커스먼에게서 전화가 쉴 새 없이 오더라고."

"손커스먼?"

노빈손은 자신의 귀를 의심하며 물었다.

"그래, 아주 밥맛없는 인간 있어! 맛없다 햄버거집을 하는데, 햄버거를 갖다 주면 가게 문을 닫아 버리는 거야. 도대체 그 많은 햄버거를 누가 먹어 치우는 건지…."

"맛없다 햄버거집?"

이야기는 점점 이상한 쪽으로 흘러가고 있었다.

"평상시에도 10분만 배달이 늦으면 난리가 나는데 그 날은 아예 날 잡아먹을 듯이 날뛰더라고. 배고파 죽겠다면서."

"배달 시간이 몇 시야?"

"원래 배달 시간은 아침 8시거든. 그런데 차를 수리하고 가게에 도착하니까 12시가 넘었더라고. 손커스먼이 화를 낼 줄 알았는데 상냥하게 웃으며 반기는 거야."

"왜 그러지? 너무 배고파서 머리가 잠시 이상해졌나?"

"그러게 말이야! 물수건으로 이마에 흐르는 땀도 닦아 주고 얼음물도 갖다 주더라고. 그러더니 싱긋 웃으며 이러는 거야. 많이 배고프지? 잠자리버거 먹을래, 악어버거 먹을

> ♪ **나방과 나비는 형제지간**
> 나방과 나비는 한 가족이야. 공통점은 둘 다 패션 감각이 뛰어나다는 거고, 차이점은 나비는 낮에 활동하지만 나방은 밤에 활동한다는 거지. 곤충학자들은 나비와 나방을 합쳐서 '나비 무리'라고 불러. 그래서 북한에서는 나방을 따로 분류하지 않고 나비라고 부른대. 나비보다 나방이 종류도 훨씬 다양한 거 아니? 나비목 67과 중 나방류는 62과인데, 나비류는 고작 5과에 불과하대.

래?"

순간, 연쇄 폭발이 일어나듯 햄버거 가게에서 있었던 일들이 생생하게 되살아났다. 노빈손은 비로소 꿈을 꾼 게 아님을 확신했다.

"내가 맞춰 볼게. 그래서 잠자리버거 먹는다고 했지?"

"맞아!"

"햄버거 엄청 맛있었지?"

"어? 어떻게 알았어?"

"햄버거를 먹고 일어났더니 잠자리 애벌레가 되어 있었지?"

고장차가 입을 떠억 벌렸다. 노빈손의 위아래를 훑어보더니 비명을 질렀다.

"그럼, 너도?"

"그래! 반갑다, 인간아!"

노빈손은 곤충세 계에서 최초로 인간을 만났다는 사실에 감격해서 고장차를 와락 끌어안았다. 한참 껴안고 눈물, 콧물을 흘리다 보니 '왜 울고 있는 거지?' 하는 의문이 들었다.

고장차도 비슷한 생각이 들었는지 노빈손을 슬쩍 밀쳐 내며 물었다.

"나는 햄버거를 늦게 배달해 줘서 이렇게 됐다 치자. 너는 도대체 손커스먼에게 무슨 잘못을 저지른 거야?"

> 🎵 **나비처럼 크고 화려한 날개를 지닌 나비잠자리**
> 나비잠자리는 나비처럼 화려한 날개를 지니고 있어. 날개 빛깔이 보랏빛인데 뒷날개가 넓어서 비행하는 모습도 시원시원하지. 연못이나 계곡 주변, 습지 등에서 찾아볼 수 있어. 6~9월에 활동하는데 조심성이 많아서 나무나 바위 위에 잘 앉지도 않아. 까다로운 귀부인처럼 말야. 햇볕이 맑은 날, 나비잠자리가 무리지어 날아다니는 모습은 정말 장관이야.

"나? 잘못한 거 없는데?"

"그럴 리가 있나! 지금까지 경험에 의하면 결과에는 반드시 이유가 있어. 시험에서 빵점을 맞는 건 공부를 안 했기 때문이듯!"

듣고 보니 고장차 말도 일리가 있었다. 노빈손은 곰곰이 생각해 보았지만 특별히 잘못한 일은 떠오르지 않았다.

"아, 정말 모르겠다! 다알지옹을 만나면 알게 되겠지."

"다알지옹이 누구야?"

노빈손은 그동안 있었던 일들을 들려주었다. 모두 듣고 난 고장차가 굵은 눈물을 뚝뚝 떨어뜨렸다.

"너도 곤충 세계에 와서 고생 많이 했구나. 내가 너의 슬픔을 씻어 주기 위해서 노래를 한 곡 연주할게."

고장차가 촉촉하게 젖은 눈빛으로 풀피리를 입에 물었다. 화들짝 놀란 노빈손이 서둘러 말렸다.

"아냐, 됐어! 한시라도 빨리 다알지옹을 찾으러 가자고!"

곤충들의 연인, 사귈라비

다알지옹을 만나러 가는 길은 험난했다. 이틀 동안 울창한 숲을 지났고, 늪지대를 건넜다. 어렵사리 가시덤불 숲을 빠져나오자마자 하나마나가 소리쳤다.

"괴물이다!"

노빈손은 가슴이 철렁 내려앉았다. 바람 잘 날이 없구나!

"어디, 어디?"

"저기, 머리 둘 달린 잠자리!"

"에이, 설마?"

세상에 그런 게 있을까 싶어서 노빈손은 유심히 살펴보았다. 정말로 머리가 둘 달린 잠자리가 꽃 대궁 위에 앉아 있었다. 네 개의 눈동자가 일제히 움직였다. 무섭기도 하고, 신기하기도 했다.

"와아, 정말이네!"

호기심을 참지 못하고 노빈손이 걸음을 옮겼다.

"가지 마! 손커스먼이 변신해서 우릴 잡으러 왔는지도 몰라!"

순간, 노빈손은 덜컥 겁이 나서 걸음을 멈췄다. 잠자리가 계속해서 네 개의 큰 눈을 굴리며 뚫어져라 바라보았다.

"에이! 배고픈 건 참아도 궁금한 건 못 참아!"

노빈손은 손을 뿌리치며 다가가서는 이내 웃음을 터뜨렸다. 배를 잡고 웃자 하나마나가 잔뜩 겁에 질려 물었다.

"왜 그래? 너무 무서운 나머지 실성한 거야? 그런 거야?"

"이리 와 봐! 내가 왜 웃었는지 알게 될 거야."

"싫어!"

"나도!"

고장차와 하나마나는 잔뜩 겁을 집어먹고 뒷걸음질을 쳤다.

"잠자리는 한 마리가 아니라 두 마리야! 사랑을 속삭이고 있나 봐."

하나마나가 그제야 참았던 숨을 토해냈다.

"휴우—. 하마터면 까무러칠 뻔했네!"

"하나마나는 다 좋은데, 지레 겁을 집어먹는 게 문제야. 움츠러들지 말고, 용기를 내 봐."

"나도 그러고 싶은데 잘 안 돼."

하나마나의 큰턱은 장식품도 아닐 테고… 뭐가 무서울까?

노빈손은 한참 동안 하나마나를 바라보았다.

일행은 다시 길을 떠났다. 노을이 지자 점점 초조해졌다. 사흘 안에 다 알지옹을 찾아가지 못하면 모든 게 허사였다. 허무하당이 경고한 시각까지는 하루도 채 남아 있지 않았다.

빠르게 걷고 있는데 어디선가 귀에 익은 목소리가 들려왔다.

"빈손아!"

돌아보니 놀랍게도 사귈라비였다. 고운 점이 박혀 있는 푸른 날개를 펄럭이며 사귈라비가 다가왔다.

너무나 반가운 나머지 노빈손은 달려가서 사귈라비를 끌어안았다.

"누나! 그동안 어디 있었어?"

"너를 찾아 숲을 여기저기 돌아다녔지!"

"그랬구나! 그새 별 일은 없었

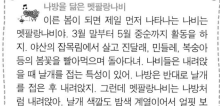

나방을 닮은 멧팔랑나비

이른 봄이 되면 제일 먼저 나타나는 나비는 멧팔랑나비야. 3월 말부터 5월 중순까지 활동을 하지. 야산의 잡목림에서 살고 진달래, 민들레, 복숭아 등의 봄꽃을 빨아먹으며 돌아다녀. 나비들은 내려앉을 때 날개를 접는 특성이 있어. 나방은 반대로 날개를 접은 후 내려앉지. 그런데 멧팔랑나비는 나방처럼 내려앉아. 날개 색깔도 밤색 계열이어서 얼핏 보면 정말로 나방 같아.

고?"

"왜 없었겠어? 이 미모 때문에 여러 남자친구들이 생겼지!"

사귈라비는 살이 통통하게 붙어서 예전보다 훨씬 예뻤다. 날개도 더 커졌고, 색깔도 더 아름다웠다.

"나 없는 새 그렇게 인기가 많았다고?"

"물론이지!"

"누나만의 착각일 수도 있지 않을까?"

"뭐라고?"

노빈손의 혼잣말을 듣던 사귈라비가 발끈했다. 노빈손은 얼른 손을 내저었다.

"아니 아니, 내가 피곤해서 나온 헛소리고… 그런데, 특별히 기억에 남는 친구가 있다면?"

"음―."

잠시 생각하던 사귈라비가 말했다.

"하루살이!"

다소 의외였다. 세상에는 멋진 곤충도 많은데 하필이면 왜 하루살이냐고.

"어떤 일이 있었는데?"

"장수하늘소와 헤어지고 나서 심심풀이로 하루살이를 사귀었어. 내

♪ 하루살이는 정말로 하루만 살까?
하루살이는 알로 태어나서 애벌레 시기까지 합치면 1년에서 3년을 물속에서 살아. 충분히 자라면 돌이나 식물 위로 올라가 번데기를 벗고 나오지. 하루살이는 6~24시간 뒤에 다시 한 번 탈피를 해야 완전한 성충이 돼. 그런 다음 짧은 혼인비행을 마치고 생을 마감하는 거야. 하루살이는 성충이 되면 입이 퇴화되어 먹이를 먹지 못해. 그래서 짧으면 한 시간, 길면 일주일을 살 뿐이야.

가 약속도 잘 안 지키고, 만나도 심드렁하게 구니까 걔가 이러는 거 있지? 지금 이 순간이 너에게는 하찮은 순간일지 몰라도 나에게는 영원히 잊을 수 없는 순간이야!"

"히히! 말 되네."

노빈손은 배를 잡고 웃었다.

사귈라비가 일행을 둘러보더니 물었다.

"그런데 밤에 어디를 그렇게 열심히 가는 거야?"

"다알지옹을 만나러!"

"다알지옹은 왜?"

노빈손은 간략하게 그동안 있었던 일들을 들려주었다.

"정말? 너에게 그런 엄청난 비밀이 있었다니, 너무 충격적이다."

사귈라비는 마냥 신기해하며 노빈손을 요리조리 훑어보았다.

"사랑하는 동생을 위해 이 누나가 안내해 주고 싶지만 우리는 밤이 되면 체온이 떨어져서 날 수가 없어. 30도 정도는 되어야만 날아다닐 수 있거든."

노빈손은 고개를 끄덕였다. 비로소 나비가 낮에만 눈에 띄는 이유를 알 것 같았다.

"대신 길잡이를 해 줄 친구를 소개시켜 줄게."

사귈라비가 나풀거리며 숲으로 날아가더니 여러 마리의 반딧불이를 데려왔다. 사귈라비가 노빈손의 귀에 속삭였다.

"한가운데 있는 친구, 잘생겼지? 내 옛날 남자친구야! 반짝거리는 빛에

반해서 한동안 사귀었어. 내가 특별히 부탁했으니까 잘 안내해 줄 거야."

"고마워, 누나!"

"고맙긴! 누나가 동생을 도와주는 건 당연한 거지."

"누나, 그만 갈게. 다시 볼 때까지 잘 지내. 미팅도 많이 하고!"

사귈라비가 금붓꽃 위에서 날개를 접으며 말했다.

"너도 빨리 본래의 모습을 찾으렴. 네 여자친구에게 무사히 돌아갈 수 있도록 누나가 기도해 줄게!"

풀 수 없는 퀴즈

 노빈손 일행은 반딧불이의 안내를 받으며 밤길을 걸어갔다. 바로 앞에서 반딧불이가 날아가니 플래시를 비친 듯 환했다.

터덜터덜 걷고 있는데 가까이서 윙윙거리는 소리가 들려왔다.

"아악! 모기다!"

고장차가 기겁을 했다. 노빈손은 빙그레 웃었다.

"모기를 무서워하다니 보기보다 겁쟁이네!"

"난 모기가 원초적으로 싫어."

"겁먹지 않아도 돼. 쟤네들은 수컷이야."

"그게 무슨 말이야?"

"수컷은 피를 빨지 않아. 피를 빨아먹는 모기는 짝짓기를 마치고 알을 밴 암컷이야. 새끼들을 위한 단백질이 필요하기 때문에 피를 빼는 거야."

"아하! 그렇구나! 넌, 참 상식도 풍부하다."

고장차의 칭찬에 노빈손이 어깨를 으쓱거리며 말했다.

"한때 밤낮없이 책만 팠거든."

"우와, 대단한 학구열! 난 책만 펼치면 졸음이 쏟아지던데."

"난 밤새 한 잠도 안 자고 책만 본 적도 있어."

 반딧불이의 불빛은 사랑의 신호
여름 밤하늘을 곱게 수놓는 반딧불이는 전 세계에 2,000여 종이 있어. 국내에서는 대여섯 종이 사는데 애반딧불이와 늦반딧불이가 주로 발견되고 있지. 애반딧불이는 6월 중순에서 7월 초순, 늦반딧불이는 8월 중순부터 9월 중순까지 활동해. 짝짓기 짝을 찾기 위해서 불빛은 배 끝에서 발산돼. 루시페라아제(Luciferase)란 화학물질이 숨을 쉴 때 들어오는 산소와 만나는 순간, 빛이 발산되는 거야.

"우와! 정말 존경스럽다!"

노빈손은 몹시 기분이 좋았다.

나의 지적인 매력에 고장차도 빠져드는군.

사실 밤을 새며 책을 본 적은 만화책 볼 때뿐이었다.

"갑자기 모기가 극성을 부리는 걸 보니 물가 근처인가 봐."

예상했던 대로 숲을 빠져나가자 호수가 나왔다. 하늘에는 초승달이 떠 있었다. 달의 위치를 보니 자정 무렵이었다. 어둠이 짙어 호수의 크기를 한눈에 파악할 수는 없었지만 상당히 크게 느껴졌다.

"어떻게 호수를 건너지?"

노빈손은 잠시 고민하다가 말했다.

"하나마나야, 네가 우리를 차례대로 태우고 호수를 건너야 할 것 같아."

하나마나가 머리를 흔들었다.

"그건 불가능해! 지칠 대로 지쳐서 나 혼자 호수를 건너기도 벅차."

"앗, 그럼 어떡하지?"

노빈손이 골똘히 방법을 찾고 있는데 반딧불이가 중얼거렸다.

"뱃사공이 어딘가 있을 텐데…."

"이 호수에 뱃사공이 있어?"

"잠깐만 기다려 봐."

반딧불이들은 흩어져서 호수 주변을 천천히 돌면서 뱃사공을 찾았

> **뛰어난 수영 실력을 갖춘 물방개**
> 물방개는 튼튼한 턱으로 물속 곤충뿐 아니라 작은 물고기, 개구리 알, 도롱뇽 알도 잡아먹어. 수영 실력도 탁월해서 어지간한 물고기보다도 훨씬 빨라. 날개 밑에 산소를 저장할 수 있는 공기실이 있어서 잠수도 아주 잘해. 스킨스쿠버가 산소통을 메고 물속에 들어가듯이 꽁무니에다 공기 방울을 달고 들어가지. 물방개는 갖고 들어간 산소를 다 쓰면 수면 위로 올라와.

다. 한참 뒤에 반딧불이가 물방개를 불러왔다. 물방개는 조심스럽게 물살을 가르며 다가왔다.

사귈라비의 예전 남자친구인 반짝이가 말했다.

"이 친구들을 건너가게 해 줘. 뱃삯은 내일 내가 치를게."

물방개가 콧방귀를 뀌며 단호하게 말했다.

"쳇! 이봐, 우린 밤에는 영업 안 해! 해가 뜨면 다시 와."

"오늘 밤에 꼭 강을 건너야 해. 부탁할게!"

이번에는 노빈손이 머리를 조아렸다.

"나도 이렇게 부탁할게!"

"나도!"

고장차와 하나마나가 머리를 숙이며 간청했다.

"에이, 귀찮은 곤충들일세!"

물방개는 제자리에서 빙글빙글 돌며 한동안 고민했다.

"그럼 이렇게 하자! 난 퀴즈를 아주 사랑하거든. 내가 퀴즈를 낼 테니 그걸 풀면 강을 건너게 해 주고, 못 풀면 돌아가는 거야. 어때?"

"음악이라면 몰라도 퀴즈는 젬병이야."

고장차가 힘없이 말했다.

하나마나도 머리를 흔들었다.

"나도!"

노빈손이 멋진 폼을 지으며 앞으로 나섰다.

"퀴즈라면 자신 있어. 도전할게!"

노빈손을 훑어보던 물방개는 반신반의하는 표정으로 말했다.

"모두 세 문제를 낼 거야. 그 중 한 문제라도 틀리면 내가 이기는 거야. 어때?"

"세 문제 중 두 문제를 맞히는 거라면 몰라도 세 문제를 모두 맞히라니? 너무 무리한 요구 아냐?"

"하기 싫어? 싫으면 말고!"

물방개가 금방이라도 떠날 듯 등을 돌렸다. 달리 선택의 여지가 없었다.

"좋아!"

"진작 그렇게 나올 것이지."

물방개가 다시 뭍으로 다가왔다.

"첫 번째 문제야. 풍뎅이 중에서 가장 오래 사는 풍뎅이는?"

"히히! 예상보다 쉽네."

노빈손은 한 차례 씨익 웃고는 대답했다.

"장수풍뎅이!"

"정답!"

물방개가 그 정도 문제는 맞힐 거라 예상했다는 투로 말했다.

"두 번째 문제! 풀 수는 있어도 감을 수는 없는 것은?"

예상보다 난해한 퀴즈였다. 노빈손이 곰곰 답을 찾고 있는데 물방개

멋진 뿔을 뽐내는 장수풍뎅이
장수풍뎅이는 '투구벌레' 라고도 불러. 마치 장군이 머리에 투구를 쓰고 있는 것 같다고 해서 붙은 이름이야. 수컷은 코뿔소처럼 이마 한가운데 멋진 뿔을 갖고 있어. 이 뿔로 적을 물리치곤 하지. 힘이 센 데다 덩치가 크고 멋진 외모를 갖고 있어서 애완용으로 많이 키워. 알에서 성충이 되기까지는 10개월, 성충이 되고 나서의 수명은 3~4개월 정도야. 정 들만 하면 헤어져야 하지.

가 재촉했다.

　"열 셀 동안 대답하지 못하면 못 푼 거야. 하나, 둘, 셋, 넷, 다섯…."

　두 번째 문제에서 막히다니, 기가 막혔다. 노빈손은 침착하게 잔머리를 굴리고 또 굴렸다. 물방개의 셈이 점점 빨라졌다.

　"여섯, 일곱, 여덟, 아홉…."

　마침 노빈손의 머리에 퍼뜩 떠오르는 게 있었다.

　"아, 알았다! 정답은 퀴즈!"

　놀랐는지 물방개의 얼굴이 붉게 변했다.

　"흠흠! 제법이군. 하지만 이 문제는 절대로 못 맞출걸!"

　노빈손은 내심 긴장했지만 태연하게 말했다.

"과연 그럴까?"

"자, 마지막 문제야! 곤충을 삼등분하면?"

"히히! 그 정도야 식은 죽 먹기지!"

노빈손이 '머리, 가슴, 배'라고 말하려는데 물방개가 의미심장한 미소를 지었다.

뭐야, 저 미소는? 땡! 하기 직전의 표정이잖아?

순간, 문제에 함정이 있을지도 모른다는 생각이 들었다.

가만있자? 정답이 두 개면 어떻게 되는 거야? 내가 이쪽 답을 말하면 틀렸다고 할 거고, 내가 저쪽 답을 말해도 틀렸다고 하겠지. 그럼 나는 영원히 문제를 풀 수 없다는 건데…. 무슨 좋은 방법이 없을까?

"열을 셀 동안에 풀지 못하면 내가 이기는 거야. 하나, 둘, 셋, 넷, 다섯…."

숫자를 세는 속도가 점점 빨라졌다.

"잠깐! 상식 퀴즈야, 난센스 퀴즈야?"

노빈손의 물음에 물방개가 몹시 당황했다.

"그냥 풀어!"

"그럴 수는 없지. 각기 다른 답이 나올 수 있으니까!"

물방개는 난처한지 빙글빙글 제자리를 돌다가 마지못한 듯 대답했다.

> **물속의 대표 해적, 물장군**
> 물장군은 연못이나 늪처럼 고인 물에 주로 살아. 물장군은 노린재의 한 종류인데, 우리나라에서 사는 노린재 가운데 가장 덩치가 커. 몸집이 좋은 놈은 7cm이 넘거든. 앞다리는 낫처럼 예리하고, 가운뎃다리와 뒷다리는 털이 많아서 헤엄치기 좋아. 사냥할 때 달아나지 못하도록 앞다리로 꽉 붙든 뒤, 길고 날카로운 주둥이로 체액을 빨아먹어. 물속 생물들에게는 공포의 대상이야.

"난센스 퀴즈."

"그렇다면 정답은 하나야."

"뭔데?"

"곤충을 삼등분하면… 죽는다! 맞지?"

물방개는 자신의 패배가 믿기지 않는지 한동안 아무 말도 하지 못했다.

"그, 그래…. 정답이야."

"야호!"

노빈손 일행이 일제히 환호했다.

"지금까지 퀴즈를 모두 푼 곤충은 네가 처음이야! 약속대로 호수를 건너도록 도와줄게. 잠깐만 기다려!"

물방개는 어둠 속으로 사라지더니 이내 다른 뱃사공을 데려왔다.

"어서 타!"

물방개가 등을 내밀었다. 노빈손과 고장차는 각기 다른 물방개의 등에 올라탔다. 하나마나는 날아갔고, 반딧불이가 앞길을 비춰 주었다.

호수의 해적, 물장군

뱃사공은 능숙한 솜씨로 물살을 가르며 호수를 건너가기 시작했다. 주변에는 기이한 정적이 흘렀다. 어둠에 묻힌 숲은 공포를 불러일으켰다. 유리 표면처럼 잔잔한 수면을 뚫고 무시무시한 괴물이 불쑥 솟아오를 것만 같았다.

호수 중간쯤 왔을까? 갑자기 길을 안내하던 반딧불이가 빠르게 모습을 감췄다. 그와 동시에 물방개도 움직임을 멈췄다.

노빈손이 의아해서 물었다.

"왜 그래?"

"쉿! 해적이야."

어둠 속에서 두런두런 말소리가 들려왔다. 잠시 뒤, 물장군 여러 마리가 물살을 가르며 다가왔다.

"참개구리도 잡아먹는 무시무시한 놈들이야! 발각되면 우린, 끝이야."

물장군은 큰 바윗돌처럼 육중한 몸집을 지니고 있었다. 갈색을 띠고 있었으며 노빈손과 반대로 몸에 비해 작은 머리를 가지고 있었다. 물살의 움직임을 감지한 걸까? 그들이 점점 가까워졌다. 커다란 그림자가 덮쳐 오는 듯했다.

이제 다 틀렸어!

노빈손이 체념하다시피하고 있는데 갑자기, 물장군의 뒤에서 '풍덩!' 하는 요란한 소리가 났다. 다가오던 물장군들이 일제히 방향을 바꾸었다. 그러곤 물소리가 난 곳으로 몰려갔다.

"휴우ㅡ. 10년 감수했네."

정말로 반딧불이를 모아서 글을 읽을 수 있을까?
형설지공(螢雪之功)이란 고사성어를 들어 본 적 있지? 중국의 선비 차윤은 여름밤 기름을 살 돈이 없어서 반딧불이를 모아서 책을 읽었고, 손강은 겨울밤 눈빛 아래서 책을 읽었다는 데서 유래된 거야. 사무실의 밝기는 500백 룩스 정도인데, 반딧불이 한 마리가 발하는 빛은 3룩스야. 글씨가 작은 신문을 읽으려면 반딧불이를 170마리쯤은 모아야 할 거야.

그 틈에 노빈손을 태운 물방개는 빠르게 호수를 건너갔다.

맞은편에 닿으니 하나마나가 먼저 와서 기다리고 있었다. 온몸이 물에 흠뻑 젖어 있었다. 노빈손이 깜짝 놀라 물었다.

"몸이 왜 그래?"

하나마나가 대수롭지 않게 말했다.

"별 거 아니야."

문득, 호수를 건널 때 들려왔던 '풍덩!' 소리가 생각났다.

"네가 호수에 몸을 던졌지? 물장군을 유인하기 위해서…."

노빈손의 물음에 하나마나는 한동안 대답을 못 하다가 천천히 고개를 끄덕였다.

"우와! 너처럼 소심한 애가 어디서 그런 용기가 났어?"

"나도 모르겠어. 오로지 친구들을 구해야 한다는 생각뿐이었어!"

추운지 하나마나가 몸을 부르르 떨었다. 파랗게 질린 하나마나의 얼굴을 보고 있으니 코끝이 찡했다. 노빈손은 하나마나를 꽉 끌어안았다.

"고마워! 넌 나의 진정한 친구야!"

다알지옹과 고장차의 한판 승부

 노빈손 일행은 해가 중천에 떠 있을 무렵에야 참나무 숲에 도착할 수 있었다. 태양은 뜨거운 열기를 뿜어냈지만 숲은 시원한 매미 울음소리로 가득했다.

고장차가 목청껏 소리쳤다.

"다알지옹 님, 어디 계세요?"

그러나 요란한 매미 울음소리에 이내 파묻혀 버렸다.

하나마나가 한숨을 내쉬었다.

"휴우―. 이렇게 많은 매미 중에서 어떻게 다알지옹 님을 찾지?"

"내가 찾아볼게."

노빈손이 선뜻 나섰다.

"어떻게?"

"눈을 감고서."

"말도 안 돼! 눈 뜨고도 못 찾는데 어떻게 눈 감고 찾아?"

"보이는 것만이 전부는 아냐. 때론 눈을 감으면 더 많은 것을 볼 수도 있어."

노빈손은 눈을 감고서 청각에 온 신경을 쏟았다. 눈을 뜨고 있을 때는 하나의 커다란 매미 소리만 들렸는데 눈을 감고 있으니 다양한 매미 소리를 분류해서 들을 수 있었다.

수많은 매미 울음소리 중에서 유독 우렁찬 울음소리가 들려오는 곳이 있었다. 노빈손은 눈을 감은 채 소리가 나는 쪽으로 걸음을 옮겼다. 한참 뒤에 눈을 떠 보니 커다란 참나무 밑이었다.

"다알지옹 님!"

노빈손이 나무 밑에서 소리쳤다. 아무 반응이 없었다.

"다알지옹 님!"

다시 한 번 소리쳐 부르자, 일제히 매미 울음소리가 멎었다. 한동안 숲에 기묘한 정적이 흘렀다.

"날 찾아온 그대는 누구인가?"

잠시 후, 거대한 매미 한 마리가 하늘에서 뚝 떨어졌다. 보통 매미보다 몸집이 너댓 배는 더 컸다.

"안녕하세요, 다알지옹 님! 저는 숲의 제전에서 우승한 노빈손이라고 합니다."

다알지옹이 노빈손을 위아래로 훑어보았다.

"흠! 생긴 게 참 희한하구먼. 곤충도 아니고, 인간도 아니고….'

"맞습니다. 다알지옹 님! 제가 찾아온 건 바로 그 때문입니다. 이 친구와 저는 어느 날, 손커스먼의 햄버거 가게에서 햄버거를 먹고 이렇게 변했습니다. 제발, 다시 인간으로 돌아가게 해 주세요."

"손커스먼?"

갑자기 다알지옹이 몸을 부들부들 떨기 시작했다.

"난 아무것도 몰라!"

다알지옹은 순식간에 날아오르더니 참나무 안으로 들어가 몸을 감췄다. 노빈손이 참나무를 향해 목청을 높였다.

> 🎵 **매미가 노래하는 이유**
> 매미가 나무를 옮겨 다니며 우는 데는 이유가 있어. 그건 한시라도 빨리 짝을 찾기 위해서야. 매미는 알에서 유충이 되기까지 짧게는 4년, 길게는 17년이 걸려. 하지만 성충으로 살아가는 기간은 고작 보름 남짓에 불과해. 이 기간 동안에 사랑하는 여인을 만나 짝짓기를 끝내야 하니까 마음이 바쁠 수밖에. 매미는 "나는 여기 있어요. 나의 연인은 어디에 있나요? 빨리 보고 싶어요!"라고 외치는 거야.

"우린 손커스먼의 마법에 걸린 거죠? 그렇죠?"

"난 그렇다고 말 못 해! 절대로!"

다알지옹의 반응으로 봐서는 손커스먼에 대해서 뭔가를 알고 있는 게 틀림없었다.

"허무하당 님 아시죠?"

"허무하당은 나의 절친한 친구지."

"우린 허무하당 님이 찾아가라고 해서 왔어요. 말씀해 주세요. 어떻게 하면 다시 인간이 될 수 있죠?"

노빈손이 간청했지만 다알지옹은 대답 대신 노래를 불렀다. 그러자 숲 속의 매미들도 일제히 노래하기 시작했다. 숲은 매미의 합창으로 가득 찼다.

"다알지옹 님, 제발 좀 도와주세요!"

노빈손은 있는 힘을 다해 소리를 질렀다. 그러나 매미의 합창에 묻혀서 흔적도 없이 사라지고 말았다.

"어떡하지?"

고장차가 단호하게 말했다.

"어떡하긴 뭘 어떡해? 특단의 조치를 취해야지!"

"무슨 조치?"

"내가 아름다운 선율로 다알지옹의 닫힌 마음을 열게. 내가 연주하면

♪ **몸 안에 관악기를 넣고 다니는 매미**

매미는 암컷은 울지 못하고 수컷만 울어. 수컷의 배에는 '공명실'이라 불리는 커다란 공기주머니가 있어. 배 위쪽에 V자형 발음근을 힘껏 오므렸다가 늘리면 발음판이 진동하면서 작은 소리가 나지. 이 소리가 공명실에 전달되어서 배 전체의 공기를 진동시키게 돼. 이 과정을 통해서 관악기처럼 우렁찬 울음소리를 내게 되는 거야. 한데 요즘은 소음이 심해져서 매미 소리도 커졌어.

저들은 나의 음악에 매료되어서 일제히 노래를 멈출 거야."

그 말을 믿으라고? 거미를 물리친다고 큰소리쳤다가 오히려 거미를 불러들이지 않았던가.

"어지간하면 참으셔."

그러나 고장차는 아랑곳하지 않고 눈을 굴리면서 풀피리를 불기 시작했다. 예상했던 대로 피리 소리는 조금도 아름답지 않았다. 처음에는 접시가 깨어지는 것 같은 소리가 나더니 시간이 지나면서 항아리 깨어지는 소리로 변했고, 나중에는 건물이 와르르 무너져 내리는 소리로 변했다.

"으악! 최악의 연주야!"

결국 노빈손은 참지 못하고 귀를 틀어막았다. 하나마나도 견딜 수 없는지 멀리 날아갔다.

"그만해!"

노빈손이 애원했지만 고장차는 자신의 연주에 취해 있었다.

시간이 지나자 놀라운 일이 벌어졌다. 참나무에 달라붙어 있던 매미들이 우수수 떨어져 내렸다. 시끄러운 피리 소리에 기절한 모양이었다.

도저히 견딜 수 없다고 생각한 걸까. 소리를 소리로 제압하기 위함일까. 잠자코 있던 다알지옹이 한껏 목청을 높여서 노래하기 시작했다. 평화로운 숲에 고장차와 다알지옹의 한판 승부가 펼쳐졌다. 둘 다 한치의 물러섬 없는 팽팽한 대결이었다.

고래 싸움에 새우 등 터진다고 그 와중에 죽어나는 건 애꿎은 곤충들이었다. 매미뿐 아니라 온갖 곤충이 시끄러운 소리를 이기지 못하고 기절했

다. 심지어

는 하늘을 날아가던 새가 떨

어지기도 했다.

노빈손은 견딜 수가 없어서 개미

굴에다 머리를 처박았다. 무지막지한 승부가 끝나기만을 기다리며.

목이 쉰 걸까, 수많은 자손을 구하기 위함일까. 도저히 끝이 날 것 같지

않은 승부였는데 놀랍게도 다알지옹이 항복을 선언했다.

"내가 졌네! 이제 그만 좀 해라."

그제야 고장차가 풀피리를 입에서 뗐다.

"인정하세요? 음악에 대한 나의 탁월한 재능을?"

다알지옹이 고개를 끄덕였다.

"인정한다! 너의 연주가 음악이 아니라, 세계 최대의 소음임을!"

"뭐라고요? 이토록 아름다운 선율을 소음이라니⋯. 다시 연주할 테니

똑똑히 잘 들어요!"

고장차가 풀피리를 입으로 가져가자 다알지웅이 버럭 고함을 질렀다.

"그쯤 해 두라니까! 마이 들었다 아이가!"

노빈손은 고장차에게서 재빨리 풀피리를 뺏었다. 고장차는 자신의 연주에 스스로 감동하여 마냥 꿈꾸는 표정이었다. 노빈손이 다알지웅에게 물었다.

"어떻게 하면 다시 인간이 될 수 있죠?"

"마법에 걸렸으니 마법을 풀어야 한다."

듣고 보니 너무도 당연한 말이었다. 노빈손이 다시 물었다.

"마법을 풀려면 어떻게 해야 하나요?"

"모든 걸 알려주면 손커스먼이 날 용서하지 않을 거야! 적은 동쪽에 있어. 의문을 해결하고 싶거든 동쪽으로 가거라."

잠깐 이야기를 나누는 사이에 태양이 중천에 이르렀다. 떠날 때가 되었는지 다알지웅이 하늘로 날아올랐다. 그와 동시에 수많은 매미들이 솟구쳤다. 땅에 떨어져 있던 매미들마저 의식을 되찾고는 하늘로 날아올랐다.

"잠깐만요! 우린 어떻게 하다 곤충이 된 거죠?"

"모든 재앙은 한 장의 종이에서 비롯되었다. 그러나 종이를 돌려주면 더 큰 재앙이 닥칠 것이요, 돌려주지 않으면 목숨이 위태로우리라!"

다알지웅은 알쏭달쏭한 말만 남기고 날아갔다. 그 뒤를 무수히 많은 매미들이 따라갔다. 매미들이 떠난 숲은 고요했다. 마치 텅 빈 하늘처럼.

진실을 밝혀라!

– 장수하늘소 군은 과연 성형수술을 했을까요?

작년 여름, 노빈손 곤충연구소로 한 통의 편지가 배달되었습니다. 지리산 피아골에 사는 톡토기 군이 보낸 것으로 그 안에는 충격적인 내용이 들어 있었습니다. 곤충계의 톱 탤런트로서 수많은 곤충의 사랑을 받아 왔고, 그 공로를 인정받아 천연기념물 218호로 지정된 장수하늘소 군이 자연 미남이 아니라 성형 미남이라는 겁니다. 만약 이 제보가 사실로 밝혀질 경우 장수하늘소 군은 영화계와 방송계는 물론이고 CF계에서마저 퇴출될 것으로 보입니다.

먼저 톡토기 군이 보내온 녹음테이프를 통해서 그의 주장을 들어 보겠습니다.

"얼마 전 피아골 곤충초등학교 동창회가 있었는데, 친구들이 하나같이 성형 의혹을 제기했어요. 지금의 장소하늘소 군은 우리가 알고 있던 예전의 장소하늘소 군이 아니거든요. 예전의 그는 비만이었어요. 그는 분명 지방제거수술을 받았을

Before   After

거예요. 또한 하얗던 피부는 인공 선탠을 해서 까무잡잡하게 태웠고, 얼굴은 엄청
난 돈을 들여서 대대적인 성형수술을 한 게 분명해요."

그럼 이번에는 장수하늘소 군의 주장을 들어 보겠습니다.

"참, 어이가 없네요! 저, 성형수술 하지 않았습니다. 몸매는 꾸준한 운동으로
관리를 했고, 피부는 믿기지 않겠지만 자고 일어나니 이렇게 변해 있더군요. 답변
이 됐나요? 아, 얼굴은요, 원래부터 미남이었어요. 많은 분들이 제 외모를 부러워
하는데 사실, 잘생긴 것도 피곤한 일이에요. 곤충이나 인간이나 저만 봤다 하면
쫓아다니니…"

과연 누구의 말이 맞는 걸까요? 톡토기 군이
시기심에 불타 거짓말을 하고 있는 걸까요? 아
니면 장수하늘소 군이 인기 유지를 위해 거짓말을
하고 있는 걸까요? 우리는 진실을 밝히기 위해서
각계각층의 전문가로 구성된 '진실규명위원회'를 피
아골로 긴급 파견했습니다. 한 달 간의 조사 과정에서
믿기 어려운, 놀라운 사실이 밝혀졌습니다. 그럼 지금부터 곤충학계의 살아 있는
전설이며, 진실규명위원회 회장인 다고쳐 박사님을 이 자리에 모셔 보겠습니다.

진행자 한 달 동안 수고가 많으셨습니다. 많은 분들이 궁금해하고 있으니
먼저 진실부터 밝혀 주시죠. 도대체 누구 주장이 맞는 겁니까?

다고쳐 이번 성형 의혹은 곤충에 대한 무지에서부터 비롯되었습니다.

진행자 아, 그래요? 좀 더 상세한 설명 부탁드립니다.

다고쳐 곤충이 다른 생명체와 구분되는 특징 중의 하나는 바로 탈바꿈입니다. 쉽게 말하면 일종의 변신이라 할 수 있죠. 물론 파충류나 식물도 탈바꿈을 하지만 육지에서 거듭 탈바꿈을 하며 성장하는 건 곤충뿐입니다. 곤충은 알로 태어나서 '완전탈바꿈'이나 '불완전탈바꿈'을 하며 성장하죠.

진행자 아, 그렇군요.

다고쳐 여러분들의 이해를 돕기 위해서 도표를 준비했습니다. 도표를 보시면 진실을 알게 될 겁니다.

완전탈바꿈

알 → 애벌레 → 번데기 → 어른벌레의 네 가지 과정을 모두 거치는 탈바꿈을 말한다. 완전탈바꿈을 하게 되면 모습이 180도로 변하게 된다. 어린 시절 모습만을 기억했다가는 어른이 되면 절대로 찾을 수 없다. 애벌레 때 모습과 어른벌레로 바뀌었을 때의 모습이 완전히 다르기 때문이다. 한마디로 미꾸라지가 용이 된 격! 나비, 벌, 파리, 딱정벌레 등이 이렇게 완전탈바꿈을 한다.

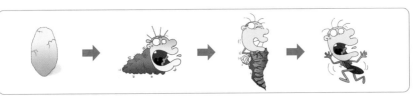

· **과변태 (과도탈바꿈)** 완전탈바꿈의 일종인데 애벌레 때의 모습과 어른벌레가 되었을 때의 모습이 다르다. 한두 번 허물을 벗으며 어른벌레로 성장하기 때문에 애벌레 때 모습만을 기억하고 있다가는 어른이 되면 찾을 수 없다. 가뢰나 사마귀붙이 등이 과변태를 한다.

불완전탈바꿈

알 → 애벌레 → 어른벌레의 과정을 거치는 탈바꿈을 말한다. 애벌레의 허물을 벗으면 '번데기'의 과정을 거치지 않고 곧바로 어른벌레가 된다. 불완전탈바꿈을 하는 친구들로는 매미, 메뚜기, 사마귀, 노린재 등이 있다.

· **무변태 (무탈바꿈)** 불완전탈바꿈의 일종으로 말 그대로 탈바꿈을 하지 않는다. 생김새는 변함 없이 덩치만 커지게 된다. 어렸을 때 모습이 어른이 될 때까지 고스란히 유지되는 곤충으로는 톡토기와 좀 등이 있다. 이들은 어른이 되어서도 쉽게 서로를 알아볼 수 있다는 장점이 있다.

진행자　아, 톡토기 군은 무탈바꿈을 하는 곤충이군요. 그래서 장수하늘소 군의 변신을 이해할 수가 없었군요.

다고쳐　그렇습니다! 곤충을 제대로 이해하려면 성장 과정을 알아야 합니다.

진행자　성형수술 의혹을 벗게 된 장수하늘소 군, 축하드립니다!

여러분, 세상에서 가장 아름다운 얼굴이 어떤 얼굴인지 아십니까? 성형수술한 얼굴? 조각상처럼 미끈한 얼굴? 아닙니다! 그건 바로, 미소 짓는 얼굴입니다. 거울 앞에서 매일 미소 짓는 연습을 하세요. 지금의 외모를 훨씬 더 멋지고 아름답게 만들어 줄 겁니다.

YTN (와티나) 돌발 뉴스

– 곤충들의 특별한 생존방식

안녕하세요. 와~티나 돌발 뉴스 딱정벌레 기자입니다. 오늘도 곤충계의 흥미로운 소식들이 속속 도착해 있는데요. 지금부터 그 소식들을 모아 전해 드리겠습니다.

얼마 전 인간들의 대학병원에서 특이한 약재를 사용하게 되었다고 합니다. 더러운 곳에서 지저분한 짓만 하던 구더기가 그 주인공인데요. 병원의 특별검사를 다 마친 구더기는 그 더러운 외모에도 불구하고 이 병원의 비장의 카드가 되었다고 합니다. 환하게 웃고 있는 구더기 님을 만나 보겠습니다.

✤ 알고 보면 소중한 구더기

저는 파리와 등에의 유충이에요. 오랫동안 방치해 둔 가축의 분뇨나 쓰레기 더미에 파리나 등에가 좋은 기회다 싶어서 그 안에다 재빨리 알을 낳으면 제가 태어나게 된답니다. 사실 저는 오랫동안 '가까이 하기에는 너무 징그러운 당신'으로 핍박만 받아왔어요. 그것이 너무 억울하고 슬퍼서… 저는 다른 공부는 안 했고요. 그저 남들이 미워하니까 저 자신을 사랑하고 자신에 대해 공부했을 뿐이에요. 부패하거나 괴사한 유기조직 속에서 성장하는 저의 특성을 이용해서 인간의 신체

야! 무는 뭘 먹고 살아야지!

덩

웃겨! 난 의과 대학 갈 거야!

부위 중 괴사된 조직을 치료하는 데 사용하도록 귀띔을 해 준 거죠. 저는 괴사 조직을 치료할 뿐만 아니라 세균 감염까지 막아 주는 능력을 지니고 있다고요. 이제 인간들은 저를 달리 생각하기 시작했답니다. 왜냐고요? 전 소중하니까요!

쓸모없는 존재였던 구더기 님이 새로운 인생을 찾았다고 하니 아주 행복한 소식이네요. 비슷한 소식 하나 더 전해 드리겠습니다. 이번에는 쇠똥구리 님인데요. 드디어 세계적인 환경 청소부 명단에 이름을 올렸다는 소식입니다. 세계화에 대한 곤충들의 관심이 높아지고 있는 시점에서 반가운 일입니다. 쇠똥구리 님도 만나 보겠습니다.

❀ 똥으로 세상을 구원하리라! 쇠똥구리

지금 똥 때문에 세계가 시끄럽습니다. 야생동물의 천국인 서아프리카에서는 1헥타아르 당 1톤의 배설물을 처리하고 있고요. 목축업으로 유명한 오스트리아에서는 하루 2억 개의 똥 무더기가 생긴다고 합니다. 이러니 똥 무더기에 알을 낳는 덤불파리가 기승을 부려 인간들이 난리가 난 거죠. 그래서 인간의 정부에서는 고민 끝에 50여 종 이상의 우리 쇠똥구리를 들여와서 번식시켰습니다. 수십만 마리를 풀어놓은 거죠. 이 배설물들을 우리가 재빨리 경단으로 만들어 굴 속으로 옮겨가면 덤불파리가 많이 줄어들 수밖에 없어요. 우리를 세계 각국에서 서로 수입해 가고 있다고요. 야생동물과 가축의 배설물은 물론이고, 도심의 개똥까지 처리하는 일을 하고 있다니까요! 바야흐로 우리는 지구상에서 제7의 전성기를 맞이한 거죠. 에헴!

네, 똥 때문에 팔자가 활짝 편 쇠똥구리 님의 말씀 잘 들었습니다. 그러나 다음 소식은 구더기, 쇠똥구리 님의 소식과는 조금 다른 소식인데요. 나비들의 대토론회에서 흥미로운 사실이 밝혀졌습니다. 인간들이 나비를 가지고 어떤 장난들을 쳤는지가 그것입니다. 인간들이 어떤 짓을 했는지 정리해 드리겠습니다.

빈대 잡으려고
초가삼간 태울 녀석… 아!

1. 영국의 곤충 채집가 제임스 조이시는 30년 동안 150만 점의
   나비를 수집했다. 그러는 바람에 백만장자에서 빈털터리의
   운명이 되었다.(돈도 많다!)

2. 나비 사냥꾼들은 커다란 그물을 들고 나비를 잡아서 독이 든 병 속에
   넣었다가 나무판에 핀으로 꽂아 보
   관했다.(이것은 독살?)

3. 19세기 뉴기니의 열대 숲에서 수백 종의 나비를 채집한 후 나
   비가 하늘 높이 날아가면 미세한 산탄이 든 총을 발사해 땅으
   로 떨어뜨렸다.(나비 하나 잡는 데 웬 총? 총알이 남아 도나?)

4. 18세기 유행에 앞선 여성들은 화려한 나비 날개를 떼서 보석 대용으로
   사용했다.(그래서 예쁘면 대가를 치른다는 이상한 말도 생겼나?)

다음은 애벌레와 송충이의 미모 대결 소식입니다. 누가누가 더 징그러운가를 놓고 치열한 한판 승부를 벌이는 중인데요. 오늘은 송충이 님의 발언 시간입니다.

⚜ 털이 최고야, 송충이

애벌레, 너는 뭐냐? 알에서 깨어나 다 자라지도 않은 유충 따위잖아. 징그럽기도 하겠지만 너네는 나름 귀여운 애들도 있잖아. 근데 어딜 나서, 나서길? 나는 말야, 솔잎을 먹고 자라는 솔나방 애벌레야. 생김새는 누에와 비슷하고 색깔은 흑

갈색이야. 너 나만큼 털 있어? 나는 전신에 털이 장난이 아니야. 털보라는 별명도 있어. 애들이 얼마나 징그러 워하는지 알아? 게다가 소나무에 큰 피해를 줘서 1960, 70년대에 인간들이 캠페인을 했다니깐. 전 국민이 송충이 잡기에 나서기도 했지. 그래서 최근 에는 거의 멸종하다시피 해서 친구들이 대부분 사 라졌지만 그때만 해도 도로에 있는 나무에서 우리가 후드득 떨어지면 애들이 꺄악~ 비명을 지르면서 막 도

망갔다니까. 우린 또 혼자 안 떨어지거든. 수백 마리가 같이 떨어져요. 그러니 애 들이 기겁을 하지. 크하하! 어때, 너 나만큼 징그러울 수 있겠어? 내가 징그러운 건 일등이라고!

 급하게 들어온 속보입니다! 비밀 종교 단체인 흡혈 곤충 클럽에서 집 단 자살을 시도했습니다. 다행히 그 시도는 실패로 끝났는데요. 그들이 남긴 유서를 지금 저희 와~티나 뉴스팀에서 단독 입수했습니다. 그들의 슬픈 사연 을 한번 들여다보겠습니다.

✿100만 명을 죽인 학질모기

아들아 보아라. 엄마는 알을 낳기 전에 피 를 빼는 스타일인 거 알고 있지? 아빠는 피는 안 빨고 만날 과즙이나 탐하니 분통이 터진다. 엄마가 사람의 살에 주둥이를 찔러 넣고 피가 굳을까 봐 펌프 작용을 하면서 분비되는 침총 을 사용하는 거, 엄만 그것이 행복하기만 하진

않단다. 사실 엄마는 말라리아를 옮기기도 하는 위험한 존재잖니? 그래서 매년 100만 명을 죽인 적도 있어. 행복한 천국으로 올라가 완벽한 평화를 얻고 싶은데 그동안의 죄악이 많아 가능할지 모르겠구나. 엄마는 더 이상 죄를 짓지 않기 위해 저 세상으로 간다. 그곳은 피를 빨아도 아무도 죽지 않는 아름다운 세상일 거야. 사랑한다. (아빠 너무 믿지 마라. 너는 여자니까 엄마처럼 피 빼는 연습을 하렴!)

✿ 잠자는 병을 옮긴 체체파리

난 죽는다. 내 몸의 3배에 이르는 피를 빼는 일에 지쳤다. 코뿔소 가죽을 뚫고 피를 빼는 것이 일도 아니지마는, 인생이 허무하다. 사람들 그리고 소, 낙타, 노새, 말, 당나귀, 돼지, 염소, 양 등아 미안했다. 내가 너무 도전적인 성격이라 힘들었을 거다. 나에게 물리면 잠만 자다 죽는 병에 걸리니 다들 나를 멀리했겠지. 그래. 골칫덩이 나는 간다. 모두 행복해라.

✿ 아름다운 모기 벤추카충

그래요. 저는 피를 좋아해요. 이 세상에 피 아니면 위안이 될 게 뭐가 있겠어요? 뾰족한 주둥이로 콕 찔러서 피를 쭉쭉 빨고 인간이 손바닥으로 내려치기 전에 재빨리 도망치는 저는 좀 얄미운 스타일이어서 얌체라는 별명이 있죠. 제가 옮기는 샤가스병은 고열을 동반하는 무서운 것이고요. 그렇지만 뭐 미스 남아메리카 출신인 게 죄인가요? 왜 다들 제가 예쁘고 얄밉다고 수군거리는 거예요? 전요, 그냥 이렇게 아름다운 모습으로 조용히 사라질래요. 마지막으로 피 한 번만 부탁드려요. 그럼 안녕히….

지금 병상에 누워 있는 흡혈 곤충 클럽 여러분, 빨리 완쾌하시길 빕니다. 이상 오늘의 돌발뉴스는 여기서 마칩니다.

공포의 식성

초토화된 들판

 　동쪽을 향해서 걷기 시작한 지 사흘째 되는 날이었다. 용케 잘 참는다 싶었는데 고장차가 불평을 늘어놓기 시작했다.

"무작정 동쪽으로 가라니? 그렇게 무책임한 말이 어디 있어! 100일을 가도 끝이 없고, 100년을 가도 끝이 없는 길이잖아?"

노빈손은 대꾸할 힘도 없어서 그저 걸음을 옮겼다. 자신과 아무 상관없는 일인데도 불평 없이 묵묵히 걷고 있는 하나마나가 고마울 뿐이었다.

한참 걷다 보니 헬리콥터 소리 같은 게 들려왔다. 무심코 고개를 돌리니 뭔지 알 수 없는 무시무시한 생명체가 빠른 속도로 날아오고 있었다.

고장차가 다가오는 생명체를 멍하니 바라보며 물었다.

"저게 뭐지? 허무하당 님은 아니고…."

"피해!"

노빈손은 재빨리 고장차를 끌어안고 숲으로 나뒹굴었다.

"왜 그러는데?"

"저 놈은 파리의 제왕인 왕파리매야. 아주 난폭한 놈이야. 공중으로 납치해서는 주둥이를 몸속에 찔러 넣고 체액을 빨아먹지. 마치 드라큘라처럼!"

노빈손은 왕파리매가 밤마다 온갖 곤충들을 괴롭히던 생태 만화 중의 한 장면이 떠올랐다.

노빈손의 말에 고장차가 무서운지 부들부들 떨었다.

왕파리매가 지나가기를 숨죽이며 기다렸다가 다시 걷기 시작했다.

동쪽을 향해서 출발한 지 나흘째 되는 날이었다. 숲이 끝나자 끝도 보이지 않는 들판이 펼쳐졌다. 그런데 들판은 온통 쑥대밭이었다. 잎사귀란 잎사귀는 모두 파먹히고 남아 있는 것은 뿌리뿐이었다.

"도대체 누구 짓일까?"

노빈손의 물음에 고장차가 대답했다.

"개미들의 소행 아닐까?"

"개미는 아닐 거야. 이렇게 넓은 지역을 초토화시켰다는 이야기는 한 번도 들어 본 적이 없어."

하나마나가 겁에 질려서 말했다.

"못 먹고 굶어 죽은 귀신의 소행일 거야. 그렇지 않고서야 이럴 수는 없지!"

고장차가 기막혀하며 물었다.

"세상에 귀신이 어디 있어?"

"먹고 죽은 귀신은 때깔도 좋다, 라는 말도 있잖아. 먹고 죽은 귀신을 누군가 보았으니까 때깔이 좋은지 나쁜지 알 거 아냐?"

하나마나가 어디서 주워들은 소리는 있어 가지고 하나마나한 주장을 펼쳤다.

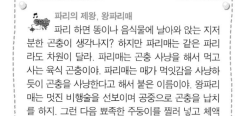

파리의 제왕, 왕파리매

파리 하면 똥이나 음식물에 날아와 앉는 지저분한 곤충이 생각나지? 하지만 파리매는 같은 파리라도 차원이 달라. 파리매는 곤충 사냥을 해서 먹고 사는 육식 곤충이야. 파리매는 매가 먹잇감을 사냥하듯이 곤충을 사냥한다고 해서 붙은 이름이야. 왕파리매는 멋진 비행술을 선보이며 공중으로 곤충을 납치를 하지. 그런 다음 뾰족한 주둥이를 찔러 넣고 체액을 빨아 마신다고.

들판을 하염없이 걸었지만 황폐화된 지역은 끝없이 이어졌다.

"비가 오려나 봐. 흙먼지가 불고 있어."

고장차가 동편 하늘을 가리켰다. 아닌 게 아니라 동쪽 하늘은 온통 새까만 먼지로 뒤덮여 있었다.

노빈손이 유심히 관찰하다가 말했다.

"저건 먼지가 아니야!"

"그걸 어떻게 알아?"

"지금 북서풍이 불잖아. 그런데 저것들은 반대 방향으로 움직이고 있어."

"어, 정말 그러네! 그럼 대체 뭘까?"

"뭔진 몰라도 생명체라는 건 확실해! 하나마나야, 네가 빠르니까 네가 가 봐."

"무서워! 같이 가자."

하나마나가 등을 내밀었다.

"좋아!"

노빈손은 하나마나의 등에 올라탔다.

하나마나가 동편 하늘을 향해서 날아갔다. 무수히 많은 점들을 향해 날아가다 보니 황폐화된 벌판이 곳곳에 보였다. 그들은 무서운 식성으

> ♫ **뭉치면 사고뭉치로 변하는 메뚜기**
> 메뚜기들은 흩어져 있을 때는 각기 평화롭게 살아가. 그러나 많은 메뚜기들이 한곳에서 번식하게 되면 집단행동을 하지. 이들은 보통 메뚜기보다 날개가 길게 발달해서, 빠르고 멀리 날아갈 수 있는 능력을 갖추게 돼. 이들이 1784년 남아프리카에서는 5,100km^{2}를 새까맣게 뒤덮었다는 기록이 있고, 1889년에는 홍해 상공에 2,500억 마리의 메뚜기 떼가 출몰했다는 기록이 있어.

로 벌판의 풀들을 먹어 치우며 빠르게 행진하고 있었다. 가까이 다가가자 비로소 정체를 알 것 같았다.

노빈손이 소리쳤다.

"메뚜기 떼야! 되돌아가야 해!"

메뚜기들은 공포를 느낄 만큼 탐욕스러운 식성을 지니고 있었다. 그들에게 걸리면 끝장이었다. 겁에 질린 하나마나가 재빨리 방향을 틀었다. 몇마리 메뚜기가 뒤를 쫓아오다가 이내 포기했다.

이들의 모습을 보고 놀란 고장차가 물었다.

"무슨 일인데 밀가루를 뒤집어쓴 것처럼 얼굴이 하얘?"

"큰일이야! 메뚜기 떼가 출현했어."

"메뚜기? 배고픈데 잘됐네! 몇 마리 잡아서 불에 구워 먹자."

노빈손은 기가 막혔다. 현실을 모르고 한가하게 옛날 생각이나 하고 있다니!

"메뚜기 떼가 마을로 내려가는 걸 막아야 해! 그대로 놔두면 논밭은 물론이고 마을 전체가 쑥대밭이 될 거야."

그제야 고장차가 메뚜기 떼를 근심 가득한 눈길로 바라보았다.

"그런데 저들을 무슨 수로 막지?"

"글쎄?"

노빈손이 몇 올 남지 않은 머리를 감싸쥐며 고민하고 있는데 하나마나가 갑자기 서편 하늘을 가리켰다.

"저건 또 뭐야?"

하늘에서 무언가 비틀거리면서 날아왔다. 자세히 보니 날개가 하나뿐인 박쥐였다. 박쥐는 땅에 곤두박질치려는 순간, 눈이 하나뿐인 부엉이로 변했다.

부엉이가 짜증스럽게 내뱉었다.

"이건 아니잖아!"

부엉이는 다시 고양이로 변했다. 그러나 앞발은 없고 뒷발뿐이었다. 고양이는 중심을 못 잡고 땅에다 턱을 심하게 부딪혔다.

"에구! 이것도 아니고!"

지구상에서 제일 싸움 잘하는 동물은?
디스커버리 채널에서 '지구상에서 가장 싸움 잘하는 동물 베스트 10'을 뽑은 적이 있는데 곤충이 세 자리나 차지했어. 10위는 사자, 9위는 폭탄먼지벌레, 8위는 바다코끼리, 7위는 사마귀, 6위는 북극곰, 5위는 사향소, 4위는 호랑이꼬리원숭이, 3위는 태즈메이니아데빌(호주에 사는 오소리 비슷한 육식동물), 2위는 베타(태국산 열대어), 영예의 1위는 군대개미가 차지했지.

고양이가 다시 변신했다. 이번에는 사람이었다. 몸집이 어마어마했다. 유심히 보니 햄버거 가게 주인, 손커스먼이었다.

노빈손이 소리쳤다.

"도망가!"

손커스먼이 뱃살을 흔들며 코웃음을 쳤다.

"가기는 어딜 가겠다는 거야? 잡아라!"

손커스먼이 손바닥을 활짝 펴고 소리쳤다. 무수히 많은 메뚜기들이 하늘로 날아오르더니 사방을 에워쌌다. 메뚜기들은 빠져나갈 공간을 주지 않고 점점 좁혀 왔다.

위기였다! 노빈손이 목소리를 최대한 낮추어 하나마나에게 속삭였다.

"친구야, 너라도 피해!"

"어떻게 나만 도망가?"

"한 명이라도 숲으로 돌아가서 이 사실을 알려야지!"

"지금 달아나면 보나마나 손커스먼에게 붙잡힐 거야."

"내가 손커스먼을 유인해 볼게. 그 틈을 이용해서 달아나!"

그제야 하나마나가 고개를 끄덕였다.

"알았어! 숲으로 돌아가서 허무하당 님께 도움을 요청할게."

둘이 속닥거리고 있는데 손커스먼이 말했다.

"그렇지 않아도 네 놈들이 나타나기를 기다리고 있었다. 그래 곤충이 된 기분이 어떠냐?"

노빈손은 아무렇지도 않은 듯 태연히 말했다.

"나쁘지 않은데요."

"그동안 고생깨나 했을 테니 이제는 철이 좀 들었겠지. 그래, 해답지는 어디 있느냐?"

"해답지요? 그게 뭐죠?"

"아직도 정신을 못 차렸군! 끝까지 시치미를 떼겠다는 거야?"

무슨 말인지는 모르겠지만 노빈손은 문득, 좋은 생각이 떠올랐다.

"아하, 해답지!"

노빈손이 불쑥 주먹 쥔 손을 내밀었다.

"여기 있어요."

"해답지가 손 안에 있다고? 하하! 거짓말!"

"이게 바로 아저씨가 원하는 해답지예요. 단지 제가 마법으로 축소시켰을 뿐이에요."

"정말?"

손커스먼이 유심히 보기 위해서 땅에 무릎을 꿇고 얼굴을 바짝 갖다 댔다. 기회였다! 노빈손이 턱으로 신호를 보냈다. 하나마나가 재빨리 날개를 펴고 하늘 높이 날아갔다.

"아니, 이런! 잡아라!"

손커스먼이 소리치자 수백 마리 메뚜기가 일제히 날아올랐다. 그러나 죽어라 도망치는 하나마나를 따라잡을 수는 없었다.

"교활한 놈! 얘들아, 이 놈들을 소굴로 끌고 가라!"

손커스먼의 말이 떨어지기 무섭게 사방에서 메뚜기들이 달려들었다.

손커스먼과 배브로가 살찐 사연

손커스먼의 소굴은 폐교된 시골 학교였다. 안으로 들어가니 헤아릴 수 없을 만큼 많은 메뚜기 떼가 바글거렸다. 손커스먼만큼 덩치가 큰 여자가 양동이를 들고 다니며 먹을 것을 뿌리자 메뚜기들이 우르르 달려들었다.

세상에! 강아지도 아니고, 고양이도 아니고, 메뚜기를 사육하다니!

노빈손이 메뚜기 떼에 질려서 몸서리를 치고 있는데 병정 메뚜기가 등을 떠밀었다.

"우물쭈물하지 말고 빨리 걸어!"

운동장을 지나서 건물을 향해 걷다 보니 이상한 소리가 들려왔다.

고장차가 물었다.

"앗! 저건 뭐지?"

질질 끌려서 건물 앞쪽에 밀랍으로 만든 커다란 메뚜기 동상을 지나쳤다. 동상에서 끊임없이 야릇한 소리가 흘러나왔다. 마치 그 소리에 화답이라도 하듯이 수많은 메뚜기들이 동상을 향해서 날아들고 있었다.

노빈손은 다시금 고개를 갸웃거렸다.

"세상에! 이순신 장군 동상도 아

당랑권의 고수 사마귀

중국 무술 중에는 동물의 움직임을 본떠 만든 것이 많아. 원숭이의 앞발 사용을 본떠 만든 후권, 뱀의 움직임에서 영감을 얻은 사권, 사마귀가 매미를 공격하는 것을 보고 만든 당랑권 등이 있지. 사마귀는 곤충 중에서 유일하게 180도로 머리를 돌려서 뒤를 돌아볼 수 있는 능력을 갖고 있어. 먹잇감이 사정거리에 들어올 때까지 한곳에서 꼼짝 않고 버티다 사정거리에 들어오면 순식간에 해치우지.

니고, 난데없이 메뚜기 동상이라니?"

병정 메뚜기가 대답했다.

"뭐가 이상하다는 거야? 메뚜기 나라니까 메뚜기 대왕님이 존재하는 게 당연하지! 내가 볼 때는 네가 더 이상해!"

"저게 메뚜기 대왕이라고? 저건 그저 동상일 뿐이야!"

"닥쳐! 아무것도 모르는 놈들이 감히 우리 대왕님을 비웃다니!"

병정 메뚜기가 잡아먹을 듯 험악한 표정을 지었다.

병정 메뚜기들에게 이끌려 건물 안으로 들어섰다. 복도를 한참 걸어가다 2-3반 교실 앞에 멈췄다. 메뚜기가 문 밑에 달려 있는 아주 작은 문을 열었다.

저는 도움을 요청하러 날아갔는데 왜 여기에 그리셨죠?

헉! 저건 메뚜기 동상?

뭣? 메뚜기 동생?

아니, 동생 말고 동상!

에이~ 저게 무슨 유재석 동상이냐?

빨랑 안 가고 말이 많아?!

애는 노빈손(노빈충인가?^.^)

나, 고장차인 거 알지?

"들어가!"

노빈손 일행이 감옥 안으로 들어서자 등뒤에서 문이 닫혔다.

"어서들 오게나."

잠시 후 어둠 속에서 낯익은 목소리가 들려왔다. 화들짝 놀란 노빈손이 뒤를 돌아보니 다알지웅이 앉아 있었다.

"아니, 여기는 어떻게?"

노빈손의 물음에 다알지웅이 담담하게 말했다.

"손커스먼은 예전부터 나를 눈엣가시로 여겼어."

"왜요?"

"내가 비밀을 너무 많이 알고 있다는 이유 때문이지. 손커스먼이 날 잡으려 한다는 소문을 듣고 멀리 피하려 했는데 자네들을 만나 시간을 지체하는 바람에 붙잡히고 말았네."

허걱… 노빈손이 진심으로 사과를 했다.

"그랬군요. 죄송합니다! 괜히 저희 때문에…."

"죄송하기는… 모두 운명이지!"

"그런데 아까 들어오다 보니까 몸집이 어마어마한 여자가 있던데 그 여자는 대체 누구죠?"

"진짜 맛없다 떡집 여주인, 배브로라네."

노빈손은 생포된 처지라는 사실

🎵 **지구 온난화로 인한 미래의 식량난**
지구 온난화로 인해서 수많은 피해가 예상되지만 그 중 하나가 바로 식량난이야. 빙하가 녹아서 해수면의 상승으로 농경지가 침수될 수도 있고, 작물이 날씨에 적응을 못해서 극심한 피해가 예상된다는 거야. 그래서 각 나라와 각종 단체의 지원을 받은 작물학자, 식물학자, 생물학자 등이 세계 전역을 돌며 씨앗을 보전하는 일을 벌이고 있어. 미래에 닥쳐올지도 모를 식량난에 미리 대비하자는 거지.

도 잊고 크게 웃음을 터뜨렸다.

"푸하하! 떡 엄청 먹게 생겼더군요."

"손커스먼과 배브로는 한국의 대표 위인으로 몇 해 전에 신문에 났었지."

"정말요? 뭘 대표했는데요?"

"미래식량연구위원회에서 세계 각국의 사람들 가운데 '인류의 미래에 식량난을 불러일으킬 수 있는 100명의 위험인물을 선정했어. 한국에서는 유일하게 두 사람이 선정됐지."

이번에는 고장차가 참지 못하고 웃음을 터뜨렸다.

"우헤헤! 역시 대단하군요!"

"자네들, 저 두 사람의 직업이 뭔지 아나?"

다알지옹의 물음에 고장차가 자신 있게 대답했다.

"햄버거 가게 주인과 떡집 주인!"

"틀렸네! 그건 햄버거와 떡을 싼 가격으로 사 먹기 위함이고, 진짜 직업은 따로 있어. 손커스먼은 마술사고, 배브로는 곤충학자야."

"그래요? 전혀 마술사 같지 않고, 곤충학자 같지 않던데?"

"겉모습만 보고 판단하는 건 어리석은 짓이야! 믿기지 않겠지만 손커스먼은 늘씬한 몸매를 가지고 있던 유능한 마술사였어. 야외 공연할 때 나도 몇 번 먼발치에서 그의 마술을

♪ 왜 마법사의 모자는 별 모양일까?
별은 마법사의 상징이야. 모자는 물론이고 앞가슴, 망토에도 별이 그려져 있지. 마법사들이 왜 별을 상징으로 사용하느냐 하면 인류 최초의 마법사는 연금술사였거든. 초창기의 연금술사는 점성술사 역할도 하는 일종의 학자였어. 이들은 밤하늘의 별을 관측하고, 길흉을 점치는가 하면, 죽은 자와 산자를 연결하는 매개자 역할을 하기도 했어. 이해할 수 없는 일을 사람들을 통해 해결하려 했던 거야.

본 적이 있지."

"그런데 어떻게 하다가 저렇게 살이 찐 거죠?"

노빈손은 흥미진진하게 진행되는 이야기에 귀를 기울였다.

"마술은 고도의 속임수야. 손커스먼은 카드 마술의 세계 1인자인 아버지 손크구먼에게서 마술을 배웠는데 한 가지 치명적인 단점이 있었어."

"그게 뭔데요?"

"카드 마술을 하려면 손이 커야 하는데 다른 마술사보다 손이 작았던 거야. 손커스먼은 끝없는 훈련을 통해서 약점을 극복해냈어. 세계 마술대회에서 입상도 했지. 그런데 시간이 지나면 지날수록 불안감은 가시질 않았어. 언젠가는 눈썰미 좋은 관객에게 자신의 마술이 발각될 것만 같았거든. 손커스먼은 불안감을 달래기 위해서 닥치는 대로 음식을 먹기 시작했고, 몸무게는 눈덩이처럼 불어만 갔어. 그 덕분에 손은 커진 반면, 손놀림은 느려져서 발각되는 일이 잦아졌지. 사람들의 놀림감이 되자 손커스먼은 어느 날 갑자기 은퇴를 선언했어. 마술사가 아닌 마법사가 되어서 돌아오겠노라며."

"음! 어쨌든 성공했네요? 그런데 어떻게 마법사가 된 거죠?"

"소문에 의하면 『마법완전정복 문제집』 덕분이라는 거야."

고장차가 두 사람의 대화에 끼어들었다.

"우와! 『마법완전정복 문제집』이요? 그거 어디서 구해요?"

"그걸 알면 내가 여기서 이러고 있겠나?"

"하기는! 그런데 손커스먼은 어떻게 구했대요?"

"우연히 마법의 세계에서 흘러나온 문제집을 손에 넣은 모양이야."

다알지옹의 말을 듣고 나니 비로소 의문이 풀렸다. 햄버거를 먹고 나비 애벌레가 된 것도 모두 마법 때문이었다.

『마법완전정복 문제집』이 나에게 있다면 얼마나 좋을까!

아마도 그런 문제집을 손에 넣는다면 밤을 새워서 공부하리라. 부모님이 제발 공부 좀 그만하라고 말려도 뿌리치며, 코피를 철철 흘려가며 공부하고 또 공부하리라.

노빈손은 즐거운 상상을 하다가 물었다.

"배브로는 어쩌다 저렇게 살이 찐 건가요?"

"배브로는 선천적으로 조금만 먹어도 살이 찌는 체질이지. 그런데 매일 운동은 안 하고 연구실에서 곤충에 관한 연구만 했으니 살이 더 찔 수밖에! 그녀는 살이 찌는 스트레스를 먹는 걸로 달랬지."

"흐흐! 완전 이열치열, 이판사판이네요!"

"어려서부터 공부밖에 모르는 착한 여자였어. 주변 사람들도 모두 좋아했고, 제자들도 좋아했어. 무엇보다 진심으로 곤충을 사랑해서 곤충에 대한 연구도 열심히 하고 혹시나 자기가 무의식 중에 곤충을 괴롭힐까 봐 걷는 것 하나도 조심하는 사람이었어. 게다가 배브로는 곤충학과 관련해서는 천재적인 머리를 타고났다

♫ 세상에서 가장 뚱뚱한 사람
기네스북에 올라 있지는 않지만 현재 가장 뚱뚱한 사람은 미국 텍사스 주 달라스에 살고 있는 버스터 심커스(42세)씨야. 몸무게는 자그마치 1,376kg! 그는 매일 20~25인분의 스테이크와 2~3kg의 닭고기를 먹는대. 또한 항아리만한 그릇에 담긴 감자와 콩을 먹고 나서, 디저트로 40개의 팬케익을 먹어 치운다는 거야. 식비로만 매월 500만 원이 넘는 돈이 들어간다니 대단하지 않아?

고 할까. 남들이 2년 걸릴 연구를 그녀는 1년 만에 해치우는 훌륭한 학자였지. 그런데 학술 세미나에 갔다가 배브로는 그녀를 질투하는 못된 곤충학자들로부터 충격적인 말을 듣게 된 거야."

"뭐라고 했는데요?"

"배브로는 곤충을 연구하는 게 아니라 닥치는 대로 곤충을 먹어 치우고 있다고 놀려 댄 거야. 곤충에 대해 열심히 공부하는 이유도 얼마나 곤충을 많이 먹을 수 있는가, 혹은 얼마나 잔인하게 먹어 치울 수 있는지를 알기 위해서라고 억지를 쓴 거지. 사람들은 그녀의 뚱뚱한 몸매와 어두운 인상 때문에 설마 하면서도 그 말을 믿기 시작했어. 충격을 받은 배브로는 그때부터 사람들을 멀리했고, 점점 성격이 포악스럽게 변해갔지. 그리고 얼마 뒤, 사람들과 일절 연락을 끊고 숲으로 들어왔어."

"쯧쯧!"

노빈손은 혀를 찼다. 외모만으로 사람을 판단하고 왕따를 시키다니! 그녀가 받았을 상처를 생각하니 가슴이 아팠다.

하나마나가 잠시 흐르는 침묵을 깨고 조심스레 물었다.

"들어오다 보니까 메뚜기 동상이 있던데 그건 뭐죠?"

"밀랍으로 동상을 만든 뒤 손커스먼이 마법의 주문을 불어넣었어. 동상에서 이상야릇한 소리가 나지 않던가?"

"들었어요! 대체 그게 무슨 소리죠?"

"메뚜기를 불러 모으는 소리야! 우리 귀에는 잘 들리지 않지만 메뚜기들 귀에는 선명하게 들리는 모양이야. 그 소리를 듣고 메뚜기들이 저렇게 많이 모여들었으니까."

노빈손은 쉽게 이해가 가지 않았다.

"메뚜기를 모아서 대체 뭐하려고요?"

"저들은 인간에 대한 복수심에 불타고 있어. 귀를 기울여 봐. 배브로가 혼잣말을 중얼거리는 게 들릴 거야."

노빈손과 고장차는 앞다투어 창가로 가서 귀를 기울였다. 정말로 저주에 가득 찬 여인의 목소리가 들려왔다.

"내가 닥치는 대로 먹어 치운다고? 이 바보, 멍청이, 말라깽이들아, 사흘만 기다려라! 진정한 식성이 무엇인지 가르쳐 주마!"

소름이 좌악 끼쳤다. 수많은 메뚜기 떼가 마을을 습격하는 광경을 떠올려 보았다. 메뚜기 떼는 약탈자처럼 닥치는 대로 먹어 치울 테고, 마을은 순식간에 폐허가 되리라. 그럼 먹을 것도 모두 없어질 것이었다.

등줄기에서 식은땀이 흘러내렸다. 노빈손은 자신도 모르게 비명에 가까운 소리를 흘렸다.

"안 돼! 무슨 수를 써서라도 막아야 해!"

해답지의 행방을 찾아라

 "너, 머리 큰 놈, 나와!"

노빈손이 병정 메뚜기에게 끌려간 곳은 취조실이었다. 기다리고 있던 손커스먼이 노빈손을 손가락으로 집어서 의자에 올려놓았다.

"어서 와라! 잠자리는 불편하지 않았는지 모르겠구나."

손커스먼이 어제와는 달리 자상한 미소를 지으며 물었다. 노빈손은 갑작스런 친절이 부담스러웠지만 일부러 쾌활하게 말했다.

"네, 아주 푹 잤어요!"

"그래? 아무래도 너는 감옥 체질인가 보구나."

"욱! 나같이 도덕적인 인간에게 무슨 그런 악담을…."

노빈손은 순간적으로 기분이 나빠져서 돌아앉았다. 그러자 손커스먼이 다정하게 물었다.

"빈손아, 다시 인간이 되고 싶지?"

"아뇨! 곤충으로 사는 게 훨씬 좋아요! 숲이라서 공기도 맑고, 좋은 친구도 많고, 공부도 안 하고, 실컷 놀 수 있고…."

"에이, 그래도 인간으로 사는 게 훨씬 낫지! 맛있는 햄버거도 실컷 먹을 수 있고, 재미있는 영화도 볼 수 있고, 여자친구와 놀이공원에 가서 신나는 놀이기구도 탈 수 있잖아?"

"뭐, 듣고 보니 인간으로 사는 것도 나쁘지는 않네요. 그런데 저를 다시 인간이 되게 해 주실 건가요?"

손커스먼이 흡족한 미소를 지으며 말했다.

"비록 볼품없는 생김새지만 다시

> 🎵 **곤충들도 피서를 간다?**
> 곤충들은 사람처럼 일정한 체온을 유지하는 것이 아니라 날씨의 변화에 따라서 체온이 변해. 그래서 곤충들도 나름대로 체온 유지를 하기 위해서 피서를 가지. 고추잠자리는 초여름에는 평지에서 지내다가 점점 기온이 올라가면 산꼭대기로 올라가. 따뜻한 햇살을 좋아하는 나비도 한여름 땡볕에는 체온이 너무 올라가니까 나무 그늘로 피서를 가곤 하지.

인간이 되게 해 주마."

　순간적으로, '아저씨는 거울도 안 보고 사세요?' 하는 말이 튀어나올 뻔했다. 그러나 인간으로 되돌아가기 위해서 그 말을 꿀꺽 삼키고는 마음에도 없는 아부를 했다.

　"고마워요! 참, 덩치만큼이나 아량도 넓으시네요."

　"그건 두고 볼 일이고…. 이제 슬슬 본론으로 들어가 볼까?"

　"좋아요! 저에게 원하시는 게 뭔가요?"

　"해답지만 돌려주면 다시 인간이 되게 해 주마."

　"해답지라뇨? 문제지도 못 봤는데 무슨 해답지?"

　"말장난치지 말고 지금 당장 해답지를 내 놔!"

인내심이 부족한 손커스먼이 버럭 고함을 질렀다. 행여 귀청이 터질 새라 노빈손은 재빨리 양손으로 귀를 막았다. 그의 입김 때문에 붕 떠올랐다가 바닥으로 탁 떨어졌다. 애써 중심을 잡고 머리카락을 정리하며 노빈손이 공손하게 말했다.

"흥분하면 몸에 해로워요! 진정하시고 무슨 해답지인지 말씀해 주세요. 제가 서점으로 달려가서 사다 드릴게요!"

"바보 아냐? 서점에서 구할 수 있는 해답지라면 내가 벌써 샀지!"

"어? 듣고 보니 그러네!"

노빈손은 멋쩍어서 뒤통수를 긁적거렸다.

"자, 기억을 되살려 줄 테니 잘 들어. 바람이 한들거리는 가을날이야. 나는 야외에서 즐겁게 마법을 공부하기 위해 과천대공원으로 놀러갔어. 한적한 숲 속의 벤치에 앉아서 한 손에는 문제지를 들고, 한 손으로는 음식을 먹으며 열공하고 있었지. 그런데 갑자기 회오리바람이 불어왔어! 내가 놀라서 어어, 하는 사이에 문제지 사이에 끼워 놓은 해답지가 허공으로 둥실 떠올랐어. 난 해답지를 주워오기 위해 재빨리 까치로 변신해서 하늘 높이 날아올랐지. 해답지는 회오리바람을 타고 숲을 빠져나가더니 너의 이상한 얼굴에 철썩 달라붙는 거야. 난 네가 해답지를 접어서 주머니에 넣는 걸 확인하고, 숲으로 돌아

> **주기매미의 생존전략**
> 17년을 주기로 나타나는 매미를 주기매미라고 하는데 요즘에는 13년을 주기로 나타나는 매미도 포함해. 미국 중서부 지방에 많은데, 정확한 주기가 되면 동시에 땅속에서 기어 나와. 그 숫자가 4,000m²에 100만 마리 꼴인데, 무게로 따지면 거의 1톤에 해당돼. 일정한 시기에 인해전술을 펼치며 동시에 출몰하는 것은 천적들로부터 희생을 줄이기 위해서야.

가 본래 모습으로 변신했지. 그런 다음 뒤를 쫓아간 거야."

노빈손은 또다시 손커스먼이 고함을 지를까 봐 신중한 얼굴로 천천히 고개를 끄덕였다.

"그런 슬픈 사연이 있었군요."

"기억나지?"

"글쎄요?"

"내가 말숙이와 너의 환심을 사기 위해서 삶은 계란과 사이다를 줬던 거 기억 안 나?"

잠깐 기억을 더듬다가 노빈손이 머리를 흔들었다.

"아뇨."

"이 놈이 실컷 먹고 이제 와서 오리발을 내미네!"

화가 났는지 손커스먼의 눈꼬리가 위로 올라갔다.

"그래서 해답지를 돌려주지 않았나요?"

"돌려줬다고? 내가 일단 환심을 산 뒤에 해답지를 돌려달라고 이야기를 꺼내려는 순간, 갑자기 설사가 나오려고 하더라고. 그래서 잠깐만 기다려 달라고 부탁하고는 화장실로 달려갔지. 시원하게 일을 보고 나오니 사라지고 없더군, 마치 방귀처럼!"

도대체 이 아저씨는 국어 시간에 뭘 했던 거야? 방귀처럼이라니!

노빈손은 표현이 마음에 들지 않았다. 따지려 하는데 문득, 한 가지 의문이 떠올랐다.

"가만있자, 원하는 것이 해답지였다면 왜 저를 나비 애벌레로 만든 거죠?"

"그건 내가 몹시 화가 났다는 증거야! 나는 하늘이 두 쪽 나더라도 9시 전에는 아침식사를 해야 하는 훌륭한 습관을 갖고 있지. 그런데 햄버거를 배달하는 놈이 차가 고장 났다며 아무리 기다려도 나타나질 않는 거야. 그러던 차에 네가 가게 안으로 들어왔지. 너, 딱 걸렸어! 나는 룰루랄라 노래를 부르며 햄버거를 특별 제조했어. 햄버거를 먹고 정신이 몽롱한 틈을 타서 해답지 있는 곳을 알아내려 했는데, 분하게도 곧바로 잠들어 버리는 바람에 모든 게 수포로 돌아갔지."

비로소 모든 재앙은 한 장의 종이에서부터 비롯되었다는 다알지옹의 말뜻이 이해가 됐다.

"아하! 일이 그렇게 돌아간 거로군요."

"자, 이제 알겠지? 해답지만 돌려주면 모든 게 깨끗이 해결되는 거야."

"그렇네요!"

"해답지는 어디 있지?"

"아저씨가 주인이라면 당연히 해답지를 돌려드려야죠! 그런데 그 전에 저를 본래 모습으로 되돌려 놓으세요."

"먼저 해답지가 있는 곳부터 대!"

정신을 바짝 차리고 노빈손이 단호하게 말했다.

방귀가 잦으면 똥이 나온다?
우리 속담 중에 '방귀가 잦으면 똥이 나온다'는 말이 있잖아? 그건 징조가 잦으면 결국 일이 터진다는 의미야. 방귀가 잦은 사람은 장이 좋지 않거든. 장이 건강한 사람은 똥을 규칙적으로 누지만 장이 나쁜 사람은 불규칙적으로 똥을 눠. 한마디로 언제, 어디에서 똥이 나올지 모르는 거지. 그러니까 황당한 경험을 하고 싶지 않다면 어려서부터 규칙적인 배변 습관을 기르는 게 좋아.

"인간으로 되돌아가기 전에는 말해 줄 수 없어요, 절대로!"

"음, 그렇다면 어쩔 수 없지! 고문을 할 수밖에."

노빈손이 급하게 목소리를 바꾸었다.

"에이 왜 이러실까? 우리, 웬만하면 말로 해요. 대화로 풀어야지, 왜 자꾸 폭력을 쓰려고 하세요?"

세상에서 가장 무서운 고문

손커스먼이 번들거리는 눈동자로 내려다보며 의미심장한 미소를 지었다. 몹시 기분 나쁜 미소였다. 노빈손이 잔뜩 긴장해 있는데 손커스먼이 말했다.

"자, 너를 위한 네 가지 스페셜 고문이 준비되어 있다. 네 운명을 스스로 선택할 기회를 주마."

"1번 고문은 뭐죠?"

"보드라운 솜털로 널 간질이는 거야. 해답지가 있는 곳을 불 때까지."

노빈손이 말이 떨어지기 무섭게 배를 잡고 웃었다.

"우하하! 생각만 해도 간지러워서 미치겠어요!"

"그렇지? 순순히 해답지가 있는 곳을 대."

"1번 고문으로 해 주세요. 저는 조금만 간질이면 숨이 꼴깍 넘어가고 말거든요. 어차피 참혹한 고문을 받다가 죽느니 웃으며 일찍 죽고 말래요."

손커스먼의 표정이 일그러졌다. 노빈손이 죽으면 해답지가 있는 곳을 영원히 알아내지 못하기 때문이었다.

"좋아, 그렇다면 2번 고문을 해 주마."

"그건 뭔데요?"

"말할 때까지 뱀의 혓바닥으로 너의 전신을 핥는 거지. 어때, 황홀하지?"

생각만 해도 전신에 소름이 돋았지만 노빈손은 애써 태연하게 말했다.

"그것도 괜찮네요. 저는 뱀 공포증이 있어서 혓바닥이 몸에 닿기도 전에 심장마비로 죽고 말 테니까요."

노빈손이 아무렇지도 않게 대답하자 손커스먼이 무서운 표정으로 노려보았다.

"3번 고문을 해 주마!"

"이번에는 뭔가요?"

"너도 마음에 들 거다. 바로, 벌침으로 만든 카펫 위를 걷는 거야. 으하하하!"

스스로 생각해도 기발한 고문이라고 여겼는지 손커스먼이 목청을 드러내고 웃었다.

노빈손은 양처럼 순한 표정을 하고 말했다.

"오, 자비로우신 분! 제발 저에게

동물들이 기상 이변에 먼저 반응하는 까닭은?
동물들이 기상 이변에 먼저 반응하는 까닭은 인간의 귀에는 들리지 않는 초저주파 소리를 들을 수 있기 때문이야. 천둥이 치면 인간의 귀에 들리는 것보다 새나 코끼리, 곤충, 땅속의 설치류 등의 귀에 훨씬 크게 들린다는 거야. 그래서 예로부터 '개미 떼가 이사하면 비가 온다'거나 '뱀이 산으로 올라가면 장마가 진다'는 속담이 전해져 내려오나 봐. 영화에서도 보면 지구의 환경 재앙을 새 떼들이 먼저 알곤 하잖아.

3번 고문을 해 주세요."

"벌침으로 만든 카펫 위를 걷고 싶다 이거지?"

"그야 더할 나위 없는 영광이죠! 저는 어릴 적부터 벌침 알레르기가 있어서 벌침에 발이 닿는 순간, 하늘나라로 갈 거예요. 하늘나라에 갈 수 있는 그보다 빠르고 확실한 방법이 어디 있겠어요?"

노빈손이 하늘을 올려다보며 성호까지 긋자, 손커스먼이 억울한지 부득부득 이를 갈았다. 이제 마지막 고문만 해결하면 끔찍한 고문으로부터 해방될 수 있었다.

"어쩔 수 없군. 이건 가급적 하지 않으려고 했는데…."

손커스먼의 말에 노빈손이 긴장해서 물었다.

"4번은 뭔데요?"

"이 고문은 아무리 해도 네가 절대로 죽지 않는다는 장점이 있지. 궁금하지?"

"뜸 들이지 말고 빨리 말해 봐요."

"바퀴벌레로 변신해서 말숙이의 옷 속으로 들어가는 거야. 너는 여자 친구가 공포에 떠는 모습을 보게 될 거다."

앗! 위기였다. 말숙이는 바퀴벌레를 제일 싫어했다. 세상에 무서운 게 없는 말숙이었지만 바퀴벌레만

> **곤충은 미래 식량?**
> 메뚜기나 번데기를 먹어 본 적 있어? 길거리나 음식점에서 팔기도 해. 생김새는 별로지만 맛은 아주 좋아. 거기다가 영양가도 소고기보다 뛰어나거든. 그뿐인 줄 알아? 돼지와 누에를 같은 기간 동안 키울 때, 생체량이 누에가 돼지보다 1,000배나 높아. 반면 폐기물은 돼지에 비하면 누에는 거의 없는 편이야. 광우병이 점점 확산된다면 미래에는 곤충이 인류의 식탁을 지배할 수도 있어.

은 질색을 했다. 말숙이가 공포에 떠는 모습을 상상만 해도 가슴이 철렁, 내려앉았다. 가뜩이나 험악한 얼굴인데, 공포에 질리면 어떻게 변할까?

"모두 말할게요. 대신 그 고문만은 제발 하지 마세요!"

"흐흐흐! 진작 그렇게 나올 것이지!"

손커스먼이 회심의 미소를 지으며 물었다.

"자, 해답지는 어디에 있지?"

노빈손은 절망하고 말았다. 결국 다 털어놓기로 마음 먹었다.

"그게 어디에 있느냐 하면요. 해답지는…."

노빈손이 막 말하려는 순간, 갑자기 요란한 매미 울음소리가 들려왔다. 깜짝 놀라 창밖을 보니 수많은 매미들이 창문에 달라붙어 있었다.

손커스먼이 교실이 쩌렁쩌렁 울리도록 소리쳤다.

"이 놈들이 다알지옹을 구하러 온 모양인데, 그런다고 내가 쉽게 놓아 줄 것 같아? 어림도 없지!"

손커스먼이 노빈손을 향해 귀를 바짝 들이대고 물었다.

"해답지가 어디 있다고?"

"해답지는…."

노빈손이 다시 입을 열었지만 매미가 요란하게 울어대는 소리에 파묻히고 말았다. 몇 차례 더 말을 시키다가 화가 머리 끝까지 난 손커스먼이 고함을 질렀다.

"이 놈을 데려가라! 날이 밝는 대로 모두 화형시키겠다!"

겨울밤, 네가 한 일을 모두 알고 있다

밤이 깊어갔다. 창가에 시꺼멓게 달라붙어 있던 매미들도 밤이 되자 어디론가 사라졌다. 다알지옹은 죽음을 각오한 듯 지그시 눈을 감고 있었다.

행여 탈출할 구멍이 있을까, 감옥 안을 맴돌던 고장차가 제풀에 지쳐 털썩 주저앉았다.

"아, 장가도 못 가 보고 이렇게 허망하게 죽는 건가!"

노빈손은 팔베개를 하고 벌렁 드러누웠다.

"내 생의 마지막 날이 될지도 모르는데 왜 이렇게 배가 고픈 거야! 누구는 지구의 종말이 온다면 한 그루 사과나무를 심겠다고 하던데, 난 자꾸만 김치찌개가 생각나네."

배에서 꼬르륵 소리가 요란하게 났다.

"아, 엄마가 끓여 준 김치찌개를 생각하니 침이 넘어가네! 내가 왜 바보같이 밥을 남겼을까?"

고장차가 혀를 찼다.

"쯧쯧! 이제야 철이 드는구만. 그래서 사람은 집을 떠나 봐야 성숙해진다고 하는 거야. 부모님 사랑도 깨닫고 말이야."

고장차가 더 이상 이야기하고 싶지 않은지 옆으로 돌아누웠다.

뱃속에 못 먹고 죽은 귀신들이 숨어 있는 걸까? 처음에는 꼬르륵거리는 단조로운 소리만 들려왔는데 이내 4중주로 변했다. 꼬르륵, 끼르륵, 끼리릭, 끼룩, 끄르르륵.

"아, 갑자기 하늘이 열리고, 밧줄이 내려온다면 얼마나 좋을까! 아니면 마루가 열리면서 구원의 천사가 짠, 하고 나타난다면…"

"바랄 걸 바라!"

"혹시 모르지, 뭐! 인생은 알 수 없는 거니까."

노빈손의 말이 채 끝나기도 전에 누군가 등을 떠밀었다. 깜짝 놀라 일어나 보니 정말로 마루가 스르르 열렸다. 그러나 나타난 것은 구원의 천사가 아닌 통자 몸매 개미 자피주오였다.

"안녕!"

"아니, 여긴 어떻게?"

자피주오가 싱긋 미소를 지었다.

"내가 포기할 줄 알았어? 나는 범인이 있는 곳이라면 지옥도 마다하지 않고 쫓아가는 개미국 최고의 정보요원, 자피주오야!"

"와아, 멋있다!"

사정을 모르는 고장차가 박수를 쳤다. 구원의 천사로 착각하고 있는 눈치였다.

"노빈손, 마지막 기회를 주마. 네가 초록동 개미 보육원 신생아 실종 사건의 범인이라고 자백하면 구해 주지."

> **잔머리의 왕, 꿀단지개미**
> 사막지대에 사는 개미들은 음식 사냥이 치열해. 그래서 종종 먹이를 놓고 개미들 간에 큰 싸움이 벌어져. 꿀단지개미는 먹이를 먼저 발견하면 독차지하기 위해서, 일부러 이웃해 있는 개미들에게 싸움을 걸어. 싸움을 하는 동안 한쪽에서는 발견한 먹이를 재빨리 집으로 옮기지. 음식을 모두 옮기고 나면 전쟁을 하던 꿀단지개미들은 철수를 해. "야, 너희들 정말 싸움 잘한다!" 한 마디만 남긴 채.

"자백 안 하면?"

"그럼 너는 내일 아침에 화형을 당해!"

"자백하면?"

"재판을 받은 뒤, 감옥에서 죗값을 치르겠지!"

"범인이 아닌데 범인이라고 거짓말 하면?"

"진실은 언젠가는 밝혀지게 되어 있어!"

"만약 범인이 아니라면?"

"그럼 무죄지!"

노빈손은 무죄라는 말에 귀가 솔깃했다.

"그럼 나는 무죄야. 날 여기서 꺼내 줘!"

자피주오가 펄쩍 뛰었다.

"누가 그따위 거짓말을 믿을 줄 알고? 넌 범인이 확실해! 순순히 자백하고 법의 심판을 받아."

"네가 뭘 몰라서 그러는데 난 범인이…."

노빈손이 '아니야!'라고 말하려는데 고장차가 구석으로 잡아끌었다.

"왜 그래?"

고장차가 귀엣말을 했다.

"범인이라고 자백해."

"범인이 아닌데도?"

"일단 살고 봐야지! 기회를 봐서 도망가면 되잖아?"

듣고 보니 고장차의 말도 일리가 있었다. 거짓말을 한다는 게 께름칙하긴 했지만 노빈손은 고장차의 제의를 받아들였다.

"좋아, 인정할게. 내가 범인이야!"

"흐흐! 진작 그렇게 말할 것이지. 마침내, 최초로 범인을 검거하는 순간이구나!"

자피주오가 무릎을 꿇고 두 손을 합장했다.

"엄마, 하늘나라에서 보고 계시죠? 소자가 드디어 해냈사옵니다!"

감격에 겨운 나머지 울음까지 터뜨렸다. 한참을 기다려도 자피주오

> 🐜 뛰는 개미 위에 나는 개미, 코노머마개미
> 꿀단지개미들도 잔머리에서만큼은 코노머마개미를 당하지 못해. 코노머마개미는 훌륭한 먹이를 발견하면 재빨리 군대를 파견해서 꿀단지개미의 굴을 포위해. 그런 다음 작은 돌들을 가져와서 굴 속으로 떨어뜨리는 거야. 꿀단지개미들이 하염없이 굴러 떨어지는 돌들을 치우는 동안 코노머마개미들은 그들이 포획한 먹이를 유유히 걸어 가는 것이지. 개미들이 이렇게 머리가 좋을 줄이야!

가 눈물을 그칠 기미는 보이지 않았다.

"이러다 날 새겠어. 그만 기뻐하고 어서 날 잡아가."

"그럴까? 이 순간을 좀 더 음미하고 싶지만 네가 원한다면 그러지, 뭐."

자피주오는 눈물을 수습하고 일어나더니 통허리에 손을 척 얹고 갑자기 근엄한 표정을 지었다.

"얘들아, 뭣들 하고 있니? 범인을 체포하지 않고!"

말이 떨어지기 무섭게 마루 밑에서 개미들이 우르르 쏟아져 나왔다. 수많은 개미들이 순식간에 노빈손을 에워쌌다.

이상한 증인

 자피주오가 돌아서려 하자, 고장차가 의기양양한 표정으로 말했다.

"나도 데려가는 게 좋을걸."

"너는 왜?"

"마음이란 언제 바뀔지 모르는 거야."

"그게 무슨 뜻이야?"

"노빈손이 법정에서 범인이 아니라고 말을 바꾸면 어떡할 거야?"

"그럴 가능성도 있지! 전에도 그런 적이 있었거든."

"내가 증인이 되어 줄게."

"네가? 넌 노빈손의 친구잖아."

"그래서 싫어? 싫음 말고!"

한동안 곰곰이 생각하던 자피주오가 물었다.

"나중에 법정에서 치사하게 말 바꾸기 없기야?"

"알았어!"

"좋아! 얘들아, 이 놈도 데려가라!"

"이 놈이 뭐야? 증인한테….'"

"미안! 다시 명령할게. 얘들아, 이 분을 모셔가라!"

개미들이 달려들어서 고장차를 에워쌌다. 감옥을 빠져나가려는데 노빈
손이 갑자기 소리쳤다.

"잠깐만!"

"왜, 또?"

"모든 일에는 순서가 있는 법이야. 아무리 바빠도 어른께 작별 인사는
드려야지."

자피주오는 다알지옹을 흘낏 돌
아보더니 고개를 끄덕였다. 노빈손
이 예의 바르게 다알지옹에게 다가
갔다.

"다알지옹 님도 우리랑 같이 가시
죠?"

"됐네! 나는 애벌레 시절, 땅속에

컴퓨터 칩을 냉각시키는 데 나비를 이용한다?
컴퓨터를 오래 사용하면 열이 나지? 컴퓨터
칩에 많은 것들이 쌓이다 보니 층이 두터워지면서
열이 발생하는 거야. 미국의 메일랜드 텁스대학 재
로공정 열분석연구소에서는 변온곤충을 이용해 여
러 가지 문제를 해결하려 시도하고 있어. 그 중 하나
가 날개를 이용해서 체온을 조절하는 나비야. 연구
에 성공한다면 소음도 없고, 열도 없는 놀라운 컴퓨
터가 등장할 거야.

서만 7년을 지냈더니 지하라면 아주 지긋지긋하네!"

"그래도 화형을 당하는 것보다 낫죠."

"내 걱정 말고 어서 가게나. 자손들이 지켜보고 있으니 손커스먼도 날 쉽게 죽이지는 못할 걸세."

다알지옹이 조용히 눈을 감았다.

노빈손은 어쩔 수 없이 발길을 돌렸다. 자피주오가 앞장서서 마루 밑으로 내려갔다. 개미들이 파놓은 지하통로는 미로처럼 구불구불했다. 개미들은 한 번의 실수도 없이 정확하게 미로를 빠져나갔다.

밖으로 나오니 미루나무 위에 보름달이 둥실 떠 있었다. 환한 달을 보니 절로 안도의 한숨이 나왔다.

순하지아나와의 재회

"여기서 재판 날짜가 잡힐 때까지 기다려!"

자피주오가 문을 열어 주며 말했다. 노빈손은 순순히 들어갔으나 고장차가 들어가지 않으려고 버텼다.

"내가 왜 감옥에 들어가야 하지? 난 죄인이 아닌 증인이야! 증인을 감옥에 넣는 법이 어디 있어?"

"미안! 우리에게는 증인을 위한 별도의 프로그램이 마련되어 있지 않아서 그래. 불편하겠지만 며칠만 참아."

"이건 아니야! 증인을 이런 식으로 대접하면 누가 증인을 서려고 하겠어?"

"그렇긴 한데… 지금은 어쩔 수 없어!"

자피주오가 눈짓을 하자 개미들이 달려들어서 강제로 고장차를 감옥에 집어넣었다. 그리고 안에서 열 수 없도록 단단히 빗장을 걸었다.

"억울해! 높은 분을 만나게 해 줘!"

"오래 걸리지는 않을 거야. 불편하더라도 참아."

개미 감옥이 무너져라 소리를 질러대는 고장차의 하소연을 뒤로하고 자피주오가 떠나갔다.

"계획이 틀어졌어. 이제 어떡하지?"

노빈손은 잘난 척하며 이상한 계획을 내세운 고장차 때문에 답답해졌지만 지금은 그런 것을 따질 때가 아니었다.

"실망하지 마. 포기하지만 않으면 다시 기회는 올 거야."

노빈손은 일부러 자신감 넘치는 목소리로 낙담해 있는 고장차를 위로했다.

"그럴까?"

"그럼! 그동안의 경험에 의하면 반드시 기회가 오더라고."

개미 감옥에서의 생활이 시작되었다. 노빈손과 고장차는 틈틈이 탈출 기회를 엿보았지만 워낙 감시가

'왕의 곤충'이라 불렸던 비단벌레

비단벌레는 신라시대와 일본의 고대사회에 장식 공예품으로 사용됐어. 오색영롱한 겉날개를 표현하기 위해서 철, 구리, 마그네슘 등을 이용해서 만들었지. 주로 말안장 꾸미개, 말띠 드리개, 말띠 꾸미개, 허리띠 꾸미개 등의 장식품으로 사용됐어. 경주 금관총과 경주 황남대총에서 출토되었어. 말안장을 꾸미는 데는 약 1,000마리의 비단벌레가 필요했을 거라니 놀랍지 않아?

삼엄해서 좀처럼 기회를 잡을 수 없었다.

메뚜기가 마을을 공격하기로 한 날짜가 하루 앞으로 다가왔다. 노빈손이 몹시 초조해하고 있는데 갑자기 순하지아나가 개미 감옥으로 찾아왔다.

"어떻게 나에게 그럴 수 있어? 기껏 먹여 주고 재워 줬더니 은혜를 원수로 갚아!"

노빈손은 아무 말도 할 수 없었다. 개미 유충을 먹어 치운 사귈라비가 원망스러웠지만 그녀를 탓할 수만도 없었다. 부전나비 애벌레가 개미 유충을 먹어 치우는 것은 부전나비의 삶의 방식이었다.

"너는 반드시 법의 심판을 받게 될 거야! 흡혈귀! 살인자! 개미 똥구멍!"

순하지아나가 한바탕 욕설을 퍼붓고는 돌아섰다.

"기분 울적하네! 숙제 안 해 온 친구는 운동장에서 신나게 놀고 있는데, 숙제한 공책을 집에 놓고 와서 나만 벌 서고 있는 기분이야."

노빈손은 몹시 울적했다.

나도 그때 개미 유충을 먹었더라면 지금쯤 예쁜 날개를 달고 있을까? 사귈라비의 아름다운 날개가 눈앞에서 아른거렸다.

"에이! 그래도 그렇지, 어떻게 그런 짓을 해!"

잠깐 나비가 되어서 풀밭 위를 날

> **땅속의 광부, 땅강아지**
> 나를 본 적 있니? 예전에 아이들은 나를 잡아가지고 놀아서 곤충 중에 꽤 인기가 높았어. 그런데 며칠 전에 인터넷으로 검색해 보니 야속하게도 인기 순위에 빠져 있대. 나는 몸 전체가 다갈색이고 몸길이는 3cm 정도야. 가운뎃다리와 뒷다리는 짧지만 앞다리는 땅을 파다 보니 넓적하고 날카로워. 나는 식물의 뿌리를 갉아먹기도 하고 지렁이나 곤충도 잡아먹고 살아.

아다니는 상상을 하다가 노빈손은 이내 머리를 흔들었다. 자식을 모두 잃은 순하지아나를 생각하니 마음이 아팠다.

아흔아홉 번째 약혼자, 땅강아지

 고장차가 초조한지 감옥 안을 빠른 걸음으로 맴돌았다.

"답답해 미치겠어! 메뚜기들이 마을을 습격할 시간은 점점 다가오는데…."

"하늘이 무너져도 솟아날 구멍이 있다고 했어. 혹시 알아? 벽이 갑자기 뻥 뚫리면서 구원의 천사가…."

노빈손의 말이 채 끝나기도 전이었다. 흙벽에서 흙이 우수수 떨어져 내더니 구멍이 뻥 뚫렸다. 이어서 땅강아지 한 마리가 감옥 안으로 쑤욱 들어왔다.

예상치 못한 존재의 등장에 깜짝 놀라서 고장차가 물었다.

"대체… 누구시죠?"

땅강아지가 고장차의 위아래를 훑어보더니 고개를 갸웃거렸다.

"여기가 아닌가 벼. 미안허요!"

땅강아지는 다시 구멍 속으로 들어가려다가 노빈손을 발견하고는 걸음을 우뚝 멈췄다.

"혹시… 사귈라비 씨의 남동생 아닌감?"

"맞습니다만… 댁은 누구시죠?"

"아, 그라요! 지대로 찾아왔구먼. 난 자네 매형이여!"

"예? 그럼 누나의 남편?"

"안즉 남편은 아니고, 아흔아홉 번째 약혼자여."

"아, 예! 만나서 반갑습니다!"

"누나가 기둘리고 있은께 어여 가더라고!"

노빈손은 너무 황당해서 말을 잊지 못했다.

세상에! 나비가 땅강아지와 사귀다니…. 정말 취향 한번 독특하네!

어쨌거나 하늘이 도왔다고 생각하며 노빈손과 고장차는 땅강아지 뒤를

따라갔다. 밖으로 나오자 기다리고 있던 사쿨라비와 하나마나가 반색을

하며 달려왔다.

"빈손아! 고생 많았지? 에구, 얼굴이 반쪽이 됐네!"

애정이 가득 담긴 사귈라비의 목소리를 들으니 코끝이 찡했다.

"내가 여기 있는 건 어떻게 알았어?"

"하나마나가 손커스먼에게 잡혀 있다고 해서 폐교로 찾아갔지. 다알지옹 님으로부터 개미에게 붙잡혀 갔다는 소식을 듣고 사방팔방 수소문해서 간신히 찾은 거야!"

"고마워, 누나!"

"고맙긴…. 동생을 보호하는 건 누나의 의무야."

분위기 파악 못하는 고장차가 끼어들었다.

"지금 이러고 있을 때가 아냐. 메뚜기가 마을로 내려가는 걸 막아야지!"

하늘을 올려다보니 어느새 태양이 중천에 떠 있었다. 메뚜기가 마을을 공격하기로 한 시간이 반나절밖에 남아 있지 않았다.

"허무하당 님은 만났니?"

"응! 숲에서 대책회의가 열리고 있어. 우리도 어서 가 보자!"

고장차는 하나마나의 등에, 노빈손은 사귈라비의 등에 올라탔다. 과연 날 수 있을까 걱정이 됐는데 사귈라비가 사뿐하게 날아올랐다.

🎵 **물에 사는 곤충**
물방개, 물땅땅이, 물자라, 송장헤엄치개, 게아재비, 장구애비, 물장군 등등은 물에 사는 곤충의 대표 선수들이야. 공기를 모아 공기방울을 매달고 다니면서 숨을 쉬기도 하고(물방개, 물땅땅이, 물자라, 송장헤엄치개) 물 위로 나와 있는 숨관을 통해 호흡을 하면서 들이마신 공기는 배 끝에 있는 숨구멍으로 보내는(게아재비, 장구애비, 물장군) 애들이 있지.

"자기야, 수고 많았어. 내가 다시 연락할게."

"내 사랑, 조심해야 돼!"

땅강아지가 커다란 앞발을 흔들며 작별 인사를 했다.

하나마나는 높이 나는 반면, 사귈라비는 낮게 날았다. 발 아래로 풀밭과 꽃과 나무들이 아슬아슬하게 스쳐 지나갔다.

위기에 처한 숲을 구하라

숲의 제전이 열렸던 분지에서 대책회의가 열리고 있었다. 허무하당도 보였고, 다알지옹도 와 있었다. 노빈손 일행이 도착하자 회의 중이던 곤충들이 열렬히 환영했다.

"와, 숲의 제전의 우승자야!"

"우리의 영웅이 숲을 구하러 오셨어!"

"보면 볼수록 멋진 분이셔!"

노빈손은 의기양양해져 손을 흔들면서 천천히 회의장으로 들어섰다. 정말 영웅이라도 된 기분이었다. 그러나 곤충들의 환호와 감탄은 노빈손이 돌부리에 걸려 볼품없이 넘어지면서 이내 실망스런 탄식으로 변했다.

에이—.

"자자, 조용히 하시오!"

장수하늘소가 술렁거리는 주변을 진정시켰다.

노빈손 일행이 자리를 잡고 앉자 허무하당이 먼저 입을 열었다.

"곤충과 인간은 오랜 세월 함께 살아왔소. 가급적 서로의 영역을 침범하지 않으면서 말이오. 눈에는 보이지 않지만 서로 도울 일이 있으면 기꺼이 도와주면서."

다알지옹이 덧붙였다.

"맞아요! 더불어 살아가는 지혜야말로 생존을 위한 최상의 지혜라 할 수 있지요."

"그런데 만약 메뚜기가 마을을 습격하면 어떤 결과가 빚어질 것 같소?"

허무하당이 좌중을 둘러보았다. 모두 숨죽인 채 다음 말을 기다렸다.

"분노한 인간들은 메뚜기를 제거한다는 명분 하에 숲에다 대규모 살충제를 뿌릴 것이오. 그럼 우리는 물론이고, 꽃과 나무, 심지어는 크고 작은 숲 속 동물들도 지독한 독성 때문에 죽게 될 것이오."

다알지옹이 신음을 내뱉었다.

"음! 숲이 폐허가 되겠군."

"메뚜기들은 출격 준비를 모두 마쳤소. 입수한 정보에 의하면 손커스먼과 배브로가 이틀 전부터 음식을 주지 않아서 메뚜기들은 지금 제정신이 아니라고 하오. 만약 메뚜기 떼가 마을로 내려가면 순식간에 쑥대밭이 될 것이오."

> ♪ 해로운 곤충은 얼마나 될까?
> 전 세계의 동물 수는 250만여 종이고, 그중 곤충은 4분의 3인 180만여 종이야. 매년 7,000~8,000종의 새로운 곤충이 학계에 보고되고 있지. 국내에 사는 곤충은 약 1만 2,000여 종이야. 그 중 농업에 해로운 곤충은 600여 종이고, 농약으로 방제작업을 해야 할 정도의 해충은 40여 종에 불과해. 곤충은 지구에 이로운 생명체야. 그러니 앞으로 함부로 죽이지 말아 줬으면 해.

장수하늘소가 물었다.

"메뚜기 떼의 공격을 막을 수 있는 방법은 없나요?"

허무하당이 힘없이 고개를 가로저었다. 다알지옹마저도 달리 방법이 없는지 장수하늘소와 시선이 마주치자 슬그머니 고개를 떨어뜨렸다.

한숨 소리에 이어서 긴 침묵이 흘렀다. 보다 못한 노빈손이 아무 생각 없이 일단 자리에서 벌떡 일어났다. 모두의 시선이 노빈손에게 향했다.

어쩌지? 에라, 그냥 말부터 하고 보자!

"전혀 방법이 없는 건 아닙니다!"

"아니! 세상에서 일어나는 모든 일을 알고 있다고 자부하는 나조차도 찾아내지 못한 방법을 찾아냈단 말인가?"

다알지옹의 말이 채 끝나기도 전에 허무하당이 도무지 믿을 수 없다는 투로 물었다.

"세상의 모든 지혜를 깨우쳤다고 자부하는 나조차도 해결하지 못한 문제를 해결할 수 있단 말인가?"

노빈손은 얼떨결에 말했다.

"모든 곤충들이 힘을 합친다면… 어쩌면 가능할 겁니다."

"어떻게?"

노빈손은 머리가 아파왔다. 여기까지는 일반적인 이야기라 쉽게 말했지만 구체적인 걸 물으시면…. 노

> 🎵 **농사를 도와주는 무당벌레**
> 무당벌레를 영어로는 '레이디버드(Ladybird)'라고 하는데 이름이 붙은 데는 유래가 있어. 중세시대 유럽에 진딧물이 번성해서 포도농사를 망칠 지경에 이르렀지. 성모 마리아(그 당시는 성모 마리아를 'Our Lady'라고 불렀거든)에게 도와 달라고 기도를 올리자 수많은 무당벌레들이 나타나서 진딧물을 모두 잡아먹은 거야. 그때부터 농부들은 무당벌레를 '성모의 벌레(Ladybird)'라고 부르기 시작했대.

빈손은 어찌해야 할지 모른 채 헛기침만 해댔다. 방학숙제 한답시고 밤새워 읽은 생태 만화를 힘겹게 다시 떠올려 보았다.

메뚜기… 메뚜기가 무슨 특성이 있더라?

모두의 애타는 시선을 은근슬쩍 피하며 도망갈 기회를 엿보던 노빈손이 갑자기 눈을 크게 떴다. 머리를 섬광처럼 스치고 가는 무엇이 있었다.

"메뚜기는 큰 강이 앞을 가로막고 있으면 강을 건너지 않고 돌아가는 습성이 있어요. 그래, 마을로 내려가는 길목에다 강을 만드는 겁니다."

다알지옹이 코웃음을 쳤다.

"허어! 고작 생각해 낸 것이 강을 만들자는 건가?"

그러자 너도나도 한마디씩 거들었다.

"맞아! 메뚜기들은 내일이면 습격을 개시할 텐데, 어느 세월에?"

"인간도 아니고, 곤충이 어떻게 강을 만들어?"

"에이, 좋다 말았네!"

노빈손은 떠들썩한 소란이 가라앉기를 기다렸다가 다시 입을 열었다.

"낮말은 새가 듣고, 밤말은 쥐가 듣는다고 했으니 모두 이리 모여 주세요."

곤충 대표들이 떨떠름한 표정으로 다가왔다. 노빈손은 아주 작은 소리로 방법을 설명했다. 곤충들은 여전히 반신반의하는 눈치였다.

다알지옹이 고개를 갸웃거렸다.

"그게 가능할까?"

"글쎄?"

허무하당도 쉽게 결론을 내리지 못했다.

"달리 방법이 없으니 일단 시도해 봅시다. 만약, 성공한다면 이건 기적이요, 기적!"

이제는 말할 수 있다

- 제발 오해하지 마세요!

여러분, 놀라서 기절하지 마세요! 노빈손 미래과학연구소에서 신기한 발명품을 만들었습니다. 그것은 바로 인간과 곤충이 대화를 나눌 수 있는 '인충언어통역기'! 그런데 더욱 더 놀라운 것은 곤충들이에요. '인충언어통역기'를 발명했다는 기자 회견도 하지 않았는데, 어떻게 알았는지 수많은 곤충이 찾아와서, 제발 말 좀 하게 해 달라고 하소연을 하는 겁니다. 지면 관계상 모두 들어줄 수는 없고, 베짱이와 바퀴벌레, 각다귀의 하소연을 차례대로 들어 보겠습니다.

❀ 사랑의 노래를 부르는 베짱이

이솝 아저씨, 저 누군지 아시죠? 아이들을 위한 재미있는 우화를 지으시느라 수고하신 건 알아요. 하지만 '개미와 베짱이'는 너무하셨어요! 아저씨, 한 가지 궁금한 게 있어요! 글 쓰기 전에 곤충에 대해서 제대로 공부 좀 하셨어요? 안 하셨죠? 에이, 아무래도 그런 것 같더라! 노빈손 시리즈를 읽으셨더라면 저에게 억울한 누명을 씌우지는 않았을 텐데…. 사실 저는 게으른 곤충이 아니에요. 숲 속 친구들은 모두 알아요! 저는 여름에서 가을까지밖에 못 살기 때문에

잉~잉~
선입견이 얼마나
무서운 건지 아세요?
저 베짱이 출세길
꽉 막혔다고요!

개미처럼 음식을 저장해 둘 필요가 없어요. 서리가 내리기 전에 짝을 만나서 후손을 이어야 하죠. 그러기 위해서 목이 쉬도록 열심히 노래를 부르는 거라고요. 이제 진실을 아셨으니 앞으로는 제발 저를 게으르다고 놀리지 마세요. 억울해요!

✿ 애완용 안성맞춤 바퀴벌레

친애하는 인간 여러분! 왜 저만 미워하냐고요? 인간들의 손에 의해 울창한 숲이 사라져서 어쩔 수 없이 인간들의 거주지로 들어온 것뿐이라고요! 저도 자연 속에서 좋은 공기 마시며 살고 싶다고요. 인간이 흘린 음식물 좀 주워 먹는 게 그렇게 나쁜가요? 왜 개나 고양이는 귀여워서 죽고 못 살면서, 왜 우리만 보면 비명을 지르면서 죽이지 못해 안달하느냐고요. 제가 번식력이 곤충 중에서 가장 강하다고 오해하시는 분들이 많은데 사실은 그렇지도 않아요. 저는 평생에 걸쳐 160개에서 280개의 알을 낳는데, 다른 곤충과 비교해 보면 평범한 수준이라니까요. 제

생김새가 혐오스럽다고 하시는 분들도 많은데, 그것도 역시 오해예요. 숲에 한번
가 보세요. 저 정도면 아주 양호한 편이라고요. 여러분, 지구는 하나예요. 다함께,
사이좋게, 웃으면서, 행복하게 살자고요!

❀ 수절과부 각다귀

　이우일 아저씨, 정말 너무하는 거 아니에요! 얼마 전에 제 남편을 보자마자
"앗, 대왕 모기닷!" 하면서 다짜고짜 손바닥으로 쳐 죽이셨잖아요. 졸지에 과부가
되었으니 이를 어쩌면 좋죠? 사실 저희들 생김새가 모기와 비슷하긴 해요. 긴 다
리에다 몸통과 날개까지 모기를 빼닮았으니까요. 하지만 저희는 모기처럼 사람이
나 동물의 피를 빨 줄 모른다고요. 저희 그렇게 해로운 곤충 아니니, 제발 마구잡
이로 잡지 마세요. 애벌레 시절에는 목구멍이 포도청이라 벼나 보리의 뿌리를 잘
라먹기도 했지만 그건 어디까지나 과거라고요! 그나저나 이우일 아저씨, 저 어떡
할 거예요? 책임지세요!

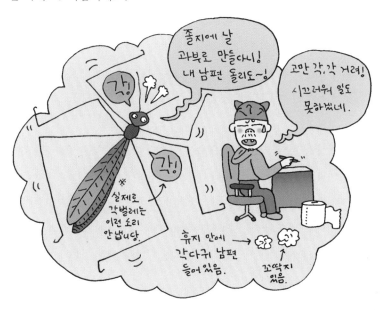

곤충 기네스북

– 곤충들의 기록을 파헤친다

가장 시력이 좋은 곤충은?

잠자리는 지구에서 최초로 하늘을 난 생명체야. 무려 3억 5천만 년 전부터 하늘을 날아다니기 시작했지. 잠자리는 시력이 무척 좋아. 정수리에 3개의 홑눈과 고글을 쓴 것처럼 커다란 2개의 겹눈을 갖고 있어. 겹눈에는 수많은 낱눈이 모여 있지. 보통 10,000개~28,000개가 모여 있다니 대단하지 않아? 덕분에 위아래는 물론이고 뒤까지 볼 수 있지. 6m 앞의 물체를 식별할 수 있고, 움직이는 건 20m 떨어져 있는 것도 발견하거든. 잠자리는 이렇게 좋은 눈과 두 쌍의 멋진 날개를 이용해 하루에 150여 마리의 해충을 잡아먹으며 살아가고 있지.

가장 빨리 나는 곤충은?

문헌상에 나와 있는 기록으로는 왕잠자리야. 스톱워치를 사용해서 언덕 아래로 날 때를 측정했더니 시속 98km가 나왔지. 평지에서는 시속 58km야. 비공식 자료에서는 등에가 차지했어. 등에 수컷이 암컷을 쫓아갈 때의 비행 속도가 시속 145km였대. 궁금하지 않니? 도대체 수컷 등에는 무슨 할 말이 있었기에 그렇게 빠른 속도로 암컷을 쫓아간 걸까? 혹시 사랑 고백?

가장 긴 곤충은?

가장 긴 곤충은 1995년 말레이시아에서 채집한 대벌레의 암컷이야. 다리 길이를 포함해 55.5cm나 되지. 거의 어린아이 팔 길이랑 비슷하네! 열대 지방의 곤충들이 롱~ 다리를 갖게 된 건 항상 따뜻한 기후와 풍성한 숲의 수혜를 받아서인데, 곳곳에 곤충들이 먹을 게 엄청 많기 때문이야.

가장 작은 곤충은?

지금까지 조사된 바로는 가장 작은 곤충은 귀여운 알벌이야. 몸 길이가 겨우 0.21mm밖에 안 되는 작은 말벌인데, 웬만해서는 잘 안 보일

걸? 귀여워서 가지고 싶다고? 알벌을 애완용으로 키우는 거는 자유지만 혹시나 하는 걱정은 안 해도 돼. 알벌은 사람을 쏘지 않거든.

가장 무거운 곤충은?

중앙아프리카의 골리앗꽃무지는 몸무게가 100g이나 나간다고 해. 곤충들도 딱딱한 껍질을 가진 녀석들은 한 폼 잡는 거지. 그 무게와 멋진 뿔로 말이야. 폼생폼사도 좋지만 다이어트를 해야 하지 않을까? 곤충계의 배브로가 되지 않으려면!

가장 **가벼운** 곤충은?

 가장 가벼운 곤충은 기생성 말벌의 한 종류야. 벌들은 작고 가벼운 날씬이 그룹들! 가장 작고, 가장 가벼운 스타일로 기네스에 이름을 올렸으니 말야. 기생성 말벌 2,500만 마리를 모아야 골리앗꽃무지 한 마리의 무게와 비슷하니, 얼마나 가벼운지 알겠지?

 ## 가장 **오래 난** 곤충은?

 곤충계의 장수 기록은 비단벌레가 갖고 있어. 1893년 영국 에섹스 주 프리틀웰에 있는 어떤 집에서 발견된 뒤에 유충 상태로 51년 동안이나 살았다고 해. 이 비단벌레들은 날개가 어찌나 아름다운지 비단처럼 반짝반짝 윤이 나. 그렇지만 함부로 잡으면 안 돼. 희귀종이라서 우리가 보호해야 하거든. 오래 오래 살 수 있도록 말야.

가장 심한 독가스를 뿜는 곤충은?
나 노빈손!
헤헤 아니 노빈충인가?

5

곤충의 영웅이 된
노빈손

세상에 없는 전략

너른 벌판으로 세상의 날개 달린 모든 곤충들이 모여들었다. 그들에게 한 가지 특징이 있다면 날개가 모두 투명하다는 것이었다. 잠자리, 매미, 파리, 등에, 하루살이…. 수천 억 마리의 곤충들이 벌판에 집결하니 참으로 장관이었다.

들판 한가운데 우뚝 서 있는 참나무 꼭대기에서 노빈손이 동편 하늘을 살폈다. 장엄한 태양이 서서히 모습을 드러냈다. 다행히도 구름 한 점 없는 화창한 날이었다. 간간이 바람이 불어와 나뭇가지가 바다 위의 돛단배처럼 어지러이 흔들렸다.

노빈손은 감격에 겨워 충무공 이순신의 시조를 읊었다.

"한산섬 달 밝은 밤에 시루에 홀로 앉아, 큰 칼 옆에 차고 깊은 시름 하는 차에, 어디서 일성호가는 남의 애를 끊나니."

하나마나가 도무지 이해할 수 없는 뇌 구조를 가졌다는 듯 고개를 갸웃거렸다.

"아침부터 웬 달 타령?"

"아, 드디어 결전의 날이 밝았구나. 숲의 역사상 최대의 전투를 지휘하게 될 줄이야!"

"빈손아, 넌 안 떨리니?"

"아무래도 난 장군의 후손인가 봐. 지금 상황이 너무 재미있어."

"넌 정말 간도 커. 어떻게 이런 상황에서 재미있다는 말이 나오니?"

"신나잖아!"

"난 무섭고 두려워. 작전이 실패로 돌아가면 어떡하지?"

"걱정 마, 하나마나야. 모든 게 잘될 거야!"

사실 노빈손도 떨렸다. 지구의 역사상 그 누구도 시도해 보지 않았던 작전이었다. 어쩌면 모두가 우려한 대로 실패로 돌아갈지도 몰랐다.

그러나 진정한 패배자는 실패자가 아니라 시도조차 못해 보는 겁쟁이라고 하지 않던가.

태양이 서서히 중천을 향해 전진했다. 티끌 하나 없이 맑은 서편 하늘을 시꺼멓게 물들이며 메뚜기 떼가 날아오기 시작했다. 도대체 모두 몇 마리나 되는 것일까? 그것은 마치 펄럭이는 거대한 깃발처럼 보였다.

노빈손은 숨죽인 채 그들의 비행을 지켜보았다. 메뚜기들이 점점 가까이 다가왔다. 산을 넘으면 마을이었다. 메뚜기들이 산을 넘는 것을 막아야 했다.

"전투의 막이 올랐다!"

자신감을 불어넣기 위해서 노빈손은 한 차례 심호흡을 한 뒤에 하얀 깃발을 힘차게 치켜들었다. 그러자 밑에서 지켜보고 있던 고장차가 길게 한 번 풀피리를 불었다. 고막을 찢는 듯한 피리 소리가 벌판에 울려 퍼졌다.

> **메뚜기의 천적은 분홍찌르레기**
> 2006년 중국 신장에서 수억 마리의 메뚜기 떼가 나타나 빠른 속도로 초원을 갉아먹고 있었어. 살충제를 뿌려 봤지만 왕성한 번식력으로 인해 별다른 효과를 거두지 못했지. 그러던 중 철새인 분홍찌르레기가 날아왔어. 분홍찌르레기는 한 마리가 100~150마리의 메뚜기를 먹어 치우거든. 중국은 분홍찌르레기의 개체 수를 늘렸고, 그 덕분에 메뚜기를 전멸시킬 수 있었지.

벌판 중앙에 밀집해 있던 매미들이 일제히 날개를 펼쳤다. 투명한 날개가 태양 빛을 반사했다. 벌판을 가로질러 산을 넘으려던 메뚜기들이 주춤거렸다. 강물이 태양 빛을 반사하고 있는 걸로 착각한 메뚜기들이 갑자기 방향을 틀었다.

"강이 있다! 왼편으로 이동!"

우왕좌왕하던 메뚜기들이 왼편으로 방향을 틀었다.

노빈손은 하얀 깃발을 내리고 빨간 깃발을 들어올렸다. 고장차가 짧게 두 번 풀피리를 불었다. 신호에 맞춰서 왼편에 밀집해 있던 잠자리들이 일제히 날개를 펼쳤다.

빛이 반사되어 눈을 찌르자 당황한 메뚜기들이 다시금 방향을 틀었다. 이번에는 오른쪽 방향으로 날아가기 시작했다.

"후후! 그쪽은 안전할 줄 알아?"

노빈손이 빨간 깃발을 내리고 파란 깃발을 들어올렸다. 그러자 고장차가 짧게 연이어 피리를 불어댔다. 오른편에 집결해 있던 금파리, 등에, 하루살이가 일제히 날개를 펼쳤다. 날개에서 반사된 태양 빛이 레이저 광선처럼 하늘로 솟구쳤다.

"안 되겠다! 일단 철수하자!"

우왕좌왕하던 메뚜기 떼가 마침내 왔던 길로 방향을 되돌렸다.

"우하하! 이대로 돌려보낼 수는

빛을 반사하는 유리창나비
나비 중에서 날개로 빛을 반사하는 나비는 유리창나비뿐이야. 유리창나비는 날개에 창문이 달려 있는 것처럼 생겼다고 해서 붙은 이름이야. 앞날개 끝에 하나는 크고, 하나는 작은 원형의 무늬가 있어. 이 부분에만 털비늘이 붙어 있지 않기 때문에 투명하게 보이는 거야. 유리창나비는 4~5월에 산속의 계곡 주변에서 활동해. 오전에는 계곡 주변으로 내려와서 활동하지만 오후가 되면 나무 위로 올라가.

180

없지!"

노빈손은 살수대첩에서의 을지문덕 장군처럼 호탕하게 웃으며 서편 하늘을 올려다보았다.

철새 도래지로 갔던 나비들이 펄렁거리며 날아오고 있었다. 그 뒤를 수많은 철새들이 쫓아왔다. 나비들이 철새들을 유인한 것이다.

"지금이다!"

노빈손이 검은 깃발을 들어올렸다. 고장차의 풀피리 소리가 허공을 길게 찢었다. 나비들이 일제히 방향을 틀어서 숲으로 숨었다. 뒤를 쫓던 철새들이 뒤늦게 메뚜기 떼를 발견하고는 공격하기 시작했다.

메뚜기들은 달아나기에 급급했다. 수많은 메뚜기가 철새의 먹이가 되었다. 그러나 죽은 메뚜기보다는 달아난 메뚜기가 훨씬 더 많았다.

얼마나 지났을까. 하늘을 시꺼멓게 뒤덮었던 메뚜기들이 모두 사라지자 새들도 자신들의 둥지로 돌아갔다.

넋이 나간 듯 텅 빈 허공을 바라보고 있던 하나마나가 떨리는 목소리로 부르짖었다.

"빈손아, 해냈어!"

"그래, 우리가 해냈어. 너와 나, 그리고 우리 모두가!"

들판에서도 수많은 곤충들이 함성을 지르며 승리를 자축했다. 파란 하늘에는 전투에서의 승리를 축하하기 위한 고추좀잠자리 편대의 화려한 비행이 끝없이 이어지고 있었다.

나무 아래로 모여든 수많은 곤충들이 한목소리로 외쳤다.

"우리들의 영웅!"

"이 시대 최고의 명장!"

"노빈손을 우리의 지도자로 모시자!"

어깨가 으쓱해진 노빈손은 그들을 향해서 여유롭게 다리를 흔들었다. 입가에는 살인 미소를 가득 머금고서.

최강의 특수부대

 다알지옹이 흥분이 채 가시지 않은 목소리로 말했다.

"대단한 전술이었어! 곤충 전략사를 처음부터 다시 써야 할 거 같아."

"감사합니다! 그러나 본격적인 전투는 이제부터예요!"

겸손과는 애당초부터 거리가 멀었던 노빈손이 의외로 겸손하게 말했다. 1차 공습이 실패로 돌아갔으니 손커스먼과 배브로가 2차 공습을 준비하고 있을 게 분명했다.

허무하당 역시 같은 생각을 하고 있는 눈치였다.

"2차 공습에서도 통할까?"

"지금쯤이면 손커스먼과 배브로가 뭔가 잘못되었다는 걸 눈치 챘을 거예요."

"그럼 어떡하지?"

"최상의 수비는 공격! 그들이 전열을 재정비하기 전에 기습해야 해요."

"기습해서 그 많은 메뚜기들을 다 죽이겠다는 거야?"

"어떻게 그 많은 메뚜기를 다 죽여요. 일단 손커스먼과 배브로를 메뚜기 떼와 떨어뜨리는 게 급선무예요."

"그들이 쉽게 떨어지려고 할까?"

"폐교에서 두 사람을 쫓아내야죠."

"무슨 수로?"

"그게 문제예요!"

노빈손의 얼굴에 그림자가 짙게 드리웠다.

"먹는 걸로 유인하는 건 어때?"

하나마나가 오랜만에 의견을 내놓았다.

"하나마나 한 소리! 그 먹보들의 배를 채우려면 우리들이 한 달 꼬박 음식을 날라야 할 걸?"

허무하당이 혀를 끌끌 찼다. 역시 방법이 없는 걸까?

"그래! 먹보에겐 더한 먹보로 대항하는 거야!"

노빈손의 알 듯 모를 듯한 소리에 모두들 애매한 표정을 지었다.

"최강의 특수부대를 만들어야겠

🎵 **날개가 가장 큰 곤충은?**

현존하는 곤충 중 날개가 가장 큰 곤충은 동남아시아에서 살고 있는 아틀라스 나방이야. 날개 폭이 30cm가 넘는다고 알려졌지만 표본으로 측정한 최고 기록은 26.2cm야. 어른 손바닥을 활짝 펴서 맞붙여 놓은 것만하지. 역사상 가장 큰 곤충은 고생대 석탄기 때 화석으로 발견된 메가네우라야. 날개를 편 길이가 64cm라니 얼마나 큰지 상상이 가니? 만나면 너무 무섭겠다.

어요! 기발한 작전이 떠올랐어요."

노빈손 닌 왜 이리 영리한 거니.

"최강의 특수부대라? 부대원은 누군데?"

"여기서 선발해야죠."

"엥? 무슨 작전인지는 알려줘야지!"

"쉿!"

허무하당의 입을 막은 노빈손은 자리에서 일어나 좌중을 둘러보았다. 곤충들의 눈빛에는 기대와 불안감이 교차하고 있었다.

"제일 먼저, 고장차!"

"친구! 뭔지는 모르지만 명예로운 자리에 뽑아 줘서 고마워."

고장차가 그럴 줄 알았다는 듯이 이를 드러내고 활짝 웃었다.

"다음은… 하나마나!"

"나도?"

하나마나가 믿기지 않는지 깜짝 놀랐다.

"그래! 너의 용기가 필요해. 도와 줄 거지?"

"그야, 무… 물론이지!"

노빈손은 이번에는 나비들이 무리지어 있는 곳을 향했다.

"다음은 사귈라비 누나!"

"고맙긴 한데 난 안 될 것 같아!"

나비는 섭씨 몇 도에서 날아다니나?
나비는 종류에 따라서 활동 시기가 저마다 달라. 같은 부전나비 과라도 푸른부전나비는 봄부터 가을까지 활동하는 반면, 고운점박이푸른부전나비는 한여름에만 활동해. 봄부터 가을까지 활동하는 나비들은 기온이 영상 20도만 되어도 활동할 수 있지만 여름 한철만 활동하는 고운점박이푸른부전나비 같은 경우에는 기온이 영상 30도는 되어야 활동할 수 있어. 사귈라비는 특이하게 봄부터 활동했지만 말야.

"왜요?"

"기습은 밤에 할 거 아냐? 그런데 나는 한밤중에는 체온이 떨어져서 날 수가 없잖아."

"걱정 마세요. 다 방법이 있어요."

"그래? 그렇다면 좋아!"

노빈손은 다시금 주변을 둘러보았다. 장군이 되어 전투를 지휘하는 기분이 이런 걸까? 노빈손의 마음에 의무감과 함께 뜨거운 열정이 솟았다. 의욕이 가득한 표정으로 옆에 있는 곤충을 보며 말했다.

"마지막으로 허무하당 님!"

이름을 부르자마자 허무하당이 호탕하게 웃음을 터뜨렸다.

"우하하하! 기습 작전이라면 당연히 나의 지혜가 필요하겠지!"

으, 이 왕자병! 노빈손은 웃음이 멎기를 기다렸다가 말했다.

"기습 작전에 필요한 것은 허무하당 님의 지혜가 아니라 육체예요! 수고스럽겠지만 단순 노동을 좀 해 주셔야겠어요."

갑자기 허무하당의 표정이 구겨졌다.

"아무리 생각해도 계란으로 바위 치기야! 우리들 힘만으로 어떻게 손커스먼과 배브로를 물리쳐?"

고장차가 불가능하다는 듯 머리를 절레절레 흔들었다.

"나만 믿어! 모든 게 잘될 테니까."

숲을 돌아다니다 보니 여기저기에 빈집처럼 방치되어 있는 포획망이 보였다. 거미가 쳐 놓고 떠나가는 바람에 남은 거미집이었다. 노빈손은 거미가 집을 지은 반대 방향으로 거미줄을 풀어서 막대기에다 감았다.

하나마나가 고개를 갸웃거리며 물었다.

"거미줄로 뭐하려고?"

"다 쓸 데가 있어."

"설마 손커스먼과 배브로를 묶는 데 쓰려는 건 아니겠지?"

"물론이지! 거미줄이 강철보다 강하다고 하지만 그들을 묶을 수는 없어."

"그럼 뭐에 쓸 건데?"

"때가 되면 알 거야!"

노빈손은 대나무 조각으로 활과 화살을 만들었다. 화살촉으로 쓰기 위해 밤송이 가시를 뽑았다. 이제 준비는 다 되었다. 결전의 날이 다가오고 있었다.

나 잡아 봐라!

 캠프에서 점심을 먹고 있는데 다알지옹이 허겁지겁 들어왔다.

"정찰병으로부터 속보가 날아왔네! 손커스먼과 배브로가 내일 새벽에 대대적인 2차 공습을 개시한다는군."

"그래요? 그렇다면 기습 작전을 앞당겨야겠어요."

노빈손이 결의에 찬 표정으로 말했다.

"언제하려고?"

"오늘 저녁!"

"성공할 수 있겠나?"

"일단 부딪쳐 봐야죠."

노빈손은 먼저 사귈라비를 불렀다.

"누나! 미리 가서 적진에 침투해 있어."

"들키지 않을까?"

"배브로가 꽃과 나비를 좋아하니까 화분에 앉아 있으면 의심하지는 않을 거야."

"알았어! 오늘 밤이 기대된다."

사귈라비가 몇 마리 나비와 함께 나풀거리며 날아갔다.

노빈손은 다시 허무하당을 불러서 오늘 저녁에 해야 할 일을 일러주었다. 잠자코 듣던 허무하당이 금파리들을 데리고 캠프를 빠져나갔다.

밤이 깊어지자 노빈손은 미리 준비해 놓은 꿀벌 옷을 입고 꿀벌 가면을 썼다. 하나마나가 고개를 설레설레 흔들었다.

"너도 정말 독종이다. 지난번에 그토록 혼이 났으면서 다시 침투하겠다니 말야!"

"어쩌겠어. 나도 무섭긴 하지만 숲의 평화를 위해서!"

노빈손은 하나마나의 등에 올라탔다.

무당거미의 미생물에서 분리해서 만든 화장품
선인장에서 기생하는 깍지벌레에서 추출한 붉은색 천연 염료는 오래전부터 립스틱이나 파우더 등의 재료로 사용돼 왔어. 얼마 전, 한국의 한 기업이 한국산 무당거미에서 추출한 단백질 분해효소인 '아라자임(Arazyme)'을 발견해서 화제가 됐어. 아라자임은 단백질 분해 능력뿐만 아니라, 병원성 미생물에 대해서도 항생, 항균 능력을 갖고 있대. 정말 곤충들은 여러 모로 유용하지?

밤이 깊어서인지 벌집은 조용했다. 노빈
손은 하나마나가 보초병의 시선을 가린 틈
을 타서 재빨리 침투했다.

입구에서 순찰병이 앞을 가로막았다.

"이봐, 지금이 몇 시인데 이제야 귀가하는 거야?"

"죄송합니다! 길을 잃어서…."

"제정신이야? 꿀벌이 길을 잃다니! 자네 어디 아픈가?"

노빈손은 군인처럼 씩씩하게 대답했다.

"아픈 데는 없습니다!"

"아냐, 아무래도 수상해."

순찰병이 의심 가득한 눈길로 노빈손의 위아래를 훑어보았다.

"자네 이름이 뭔가?"

"노빈손입니다."

"노빈손?"

어디선가 들어 본 이름이었는지 순
찰병이 고개를 갸웃거렸다.

"아직도 저를 모르시겠습니까?"

노빈손은 쓰고 있던 가면을 벗었
다. 그제야 순찰병의 두 눈이 커졌다.

"넌? 지난번에 왔었던 꿀 도둑?"

순찰병이 놀라서 주춤거리는 틈

> 지뢰탐지기로 사용하기 위해 연구 중인 꿀벌
> 미국의 몬타나 대학에서는 꿀벌을 지뢰탐지
> 기로 사용하기 위해서 연구하고 있어. 꿀벌의 이동
> 능력과 습성을 연구해서, 꿀벌의 등에다 탐지 장치
> 와 분석 장치를 부착시켜. 그런 다음 전파발신 장치
> 를 통해서 꿀벌의 이동 상황을 시시각각 모니터하는
> 거야. 꿀벌이 대기 중에 떠 있는 화합물을 채집하고
> 분석해서 연구실로 보내면, 연구소에서는 지뢰의 존
> 재 여부를 간단히 알아낼 수 있지.

을 타서 노빈손이 재빨리 돌아섰다.

"개미 똥구멍보다도 못한 놈들! 네 놈들이 감히 나를 잡을 수 있을 것 같아?"

"그렇게 심한 욕을! 우리더러 개미 똥구멍보다도 못하다고? 얘들아, 저 놈 잡아라!"

등뒤에서 요란하게 비상벨이 울렸다. 노빈손은 앞을 가로막고 있는 보초병을 살짝 피해서 밑으로 뛰어내렸다.

"하나마나야!"

깜깜한 어둠 속으로 추락하며 노빈손은 거미줄을 매단 화살을 허공을 향해 쏘았다. 화살은 나뭇잎을 뚫었고, 추락하던 몸이 가까스로 허공에 멈췄다. 한 가닥 거미줄에 의지해서 대롱대롱 매달려 있는데 곧바로 하나마나가 날아왔다.

"업혀!"

"오케이!"

노빈손은 거미줄을 놓고 하나마나의 등을 붙들었다.

"저기 있다!"

"무슨 수를 써서라도 기필코 저 녀석을 잡아라! 지옥 끝까지 쫓아가서라도!"

무수히 많은 꿀벌들이 무서운 속도로 날아왔다. 윙윙거리는 날갯짓 소리는 공포심을 자아내기에 충분했다.

"엄마야!"

하나마나가 비명을 지르며 필사적으로 폐교를 향해 날아가기 시작했다.

믿을 수 없는 제보자

"모두 잠들었어!"

화분에 앉아 있던 사귈라비가 속삭였다. 그러자 꽃잎처럼 꼼짝도 안 하고 있던 나비들이 조심스럽게 날개를 펼쳤다.

"작전 개시!"

나비 떼가 팔랑거리며 날아올랐다. 다행히도 실내 온도가 낮지 않아서 나는 데 큰 불편은 없었다. 나비들은 팔랑거리며 날아가서 손커스먼과 배브로의 머리카락과 얼굴에 꿀을 떨어뜨렸다.

준비해 간 꿀을 모두 바르고 나자, 허무하당이 똥파리들을 데리고 나타났다. 허무하당과 똥파리들이 손커스먼과 배브로의 코 밑에다 똥을 묻히기 시작했다. 고약한 냄새가 실내에 진동했다.

"음냐! 웬 파리가 이렇게 많아?"

배브로가 잠깐 잠에서 깨어났다. 파리를 쫓기 위해 손을 몇 차례 흔들더니 이내 다시 곯아떨어졌다. 10여 분이 지나자 손커스먼과 배브로의 코 밑은 똥으로 노랗게 변했다.

"임무 완수! 모두들 철수하라!"

허무하당이 똥파리들과 함께 폐교를 빠져나갔다.

한편, 고장차는 개미 정보국에서 자피주오와 면담하고 있었다. 고장차의 이야기를 모두 듣고 난 자피주오는 몹시 흥분했다.

"그러니까 노빈손이 폐교에 숨어 있다는 거지?"

"그렇다니까!"

"그런데 넌 노빈손의 친구잖아? 계속 배신을 하는데 말야… 왜 노빈손이 있는 곳을 알려 주는 거야?"

"그건… 노빈손이 곤충들 앞에서 내 흉을 보았기 때문이야."

"믿을 수 없어!"

"싫으면 관둬! 친구를 고발하는

차세대 스파이 파리!
과학자들은 곤충에게서 영감을 얻는데, 그 중 하나가 바로 파리야. 파리는 탁월한 비행 능력을 갖고 있지. 비행 각도를 자유자재로 바꿀 수 있거든. 스위스 국립 공과대학에서는 파리를 모방한 무게 10g, 날개 길이 36cm 정도의 초경량 자율 비행체를 연구 중이야. 가로, 세로 7m의 방에서 이 초소형 비행체를 실험해서 5분 동안 자율 비행에 성공했지. 앞으로 이 비행체를 스파이로 이용할 수 있겠지?

나의 마음은 뭐 편한 줄 알아?"

추리력을 최대한 발휘하여 고심할 때면 허리를 문지르는 버릇이 있던 자피주오가 마침내 결단을 내렸다.

"좋아! 만약 제보가 사실이라면 개미국 최고의 훈장을 받게 해 주지."

"고마워."

"앞장 서! 노빈손, 이번에는 기필코 법정에 세우고야 말 테다!"

고장차는 몇몇 개미들과 나란히 정보국을 나섰다. 한참 걷다가 무심코 뒤를 돌아보니 개미국의 모든 형사들이 동원되었는지 무수히 많은 개미들이 뒤를 따르고 있었다.

그들은 조용히 폐교 안으로 침투했다. 감옥은 텅 비어 있었지만 감옥 문은 굳게 닫혀 있었다.

자피주오가 단호하게 명령했다.

"문을 부숴!"

그러자 곧바로 폭파조가 앞으로 나섰다. 개미들은 강인한 턱을 이용해서 순식간에 문을 잘게 부쉈다.

"어디야?"

"이쪽으로 와!"

고장차는 숙소로 안내했다. 손커스먼과 배브로가 얼굴과 머리카락에는 꿀을, 코 밑에는 똥을 묻힌 채 코를 드르렁 골며 자고 있었다.

대를 잇는 공주흰개미

개미나 벌은 철저히 여왕을 중심으로 하는 모계 사회야. 그들은 여왕을 대신할 후계자를 키우지 않아. 그러다 보니 여왕이 죽으면 그 무리 전체가 멸망하게 돼. 그러나 흰개미 사회는 왕흰개미와 여왕흰개미가 동시에 통치해. 그 밑에는 공주흰개미(암컷과 수컷 모두를 공주흰개미라 부른다)가 있어서 왕과 여왕이 죽으면 대를 이어받지. 흰개미 사회는 인간 사회와 비슷한 점이 많아.

"노빈손은?"

"분명, 여기 있었는데 어디 갔지?"

고장차는 주변을 두리번거리는 척하다가 손커스먼과 배브로를 가리켰다.

"아무래도 저 안에 숨은 것 같아!"

자피주오가 미심쩍은 눈길로 물었다.

"확실해?"

"확실하다니까. 노빈손은 우리가 오는 걸 눈치 채고 재빨리 저 안에 숨었어!"

"얘들아, 샅샅이 뒤져서 녀석을 반드시 체포해라!"

자피주오의 말이 떨어지기 무섭게 무수히 많은 개미들이 손커스먼과 배브로의 옷 속으로 파고들기 시작했다.

누가 방귀 뀌었어?

"뭐야? 왜 이렇게 가려워?"

손커스먼과 배브로는 온몸을 손톱으로 북북 긁으며 동시에 눈을 떴다.

"킁킁! 이게 무슨 냄새야? 배브로, 너 방귀 뀌었지?"

"무슨 소리? 네가 뀌어 놓고! 어쩐지 간밤에 대책 없이 먹는다 했다!"

"뭐야? 내 햄버거까지 뺏어 먹은 사람이 누군데? 방귀 뀐 놈이 도리어 성을 내네!"

"너는 내 떡 안 먹었어? 내가 제일 좋아하는 호박떡까지 뺏어 먹었잖아!"

"그런 개도 안 먹을 것 같은 음식, 먹고 싶어서 먹은 줄 알아? 네가 내 걸 다 먹어서 배고파서 먹었다!"

"개도 안 먹는다고? 음식을 모욕하는 건 나를 모욕하는 거야! 물에 사흘 불린 돼지, 그 말 당장 취소해!"

"물에 사흘 불린 돼지? 야! 구르는 돈가스, 말이면 다 하는 줄 알아?"

두 사람은 말다툼을 하다가 급기야 서로 머리카락을 잡고 싸우기 시작했다. 틈날 때마다 몸 안의 개미를 쫓아내기 위해 정신없이 북북 긁으면서.

실내에서 엎치락뒤치락 하는 바람에 책상 위에 놓여 있던 램프가 떨어졌고, 램프가 깨어지면서 불길이 솟구쳤다. 폐교는 목조 건물이라서 순식간에 불길에 휩싸였다. 예상치 못한 일이었다.

불길을 먼저 발견한 것은 배브로였다.

"헉? 불이잖아?"

"휴전! 불부터 끄고 보자!"

"좋아!"

손커스먼과 배브로는 뒤뚱거리며 밖으로 뛰어나갔다. 육중한 몸매에

사람의 똥에서 악취가 나는 까닭은?
사람의 똥은 70%가 수분이고 나머지는 세균과 음식물 찌꺼기야. 똥의 수분이 줄어서 40~60%가 되면 변비이고, 수분이 80% 정도면 설사지. 인간의 몸속에는 수천 조 개가 넘는 세균이 살고 있어. 세균이 매일 몸 밖으로 배출되지. 똥 냄새의 주범은 스카톨과 인돌이라는 세균이야. 여기에 소량의 황화수소, 메탄가스, 암모니아가 가세를 해서 더욱더 고약한 냄새를 풍기는 거지.

어울리지 않는 빠른 손놀림으로 수도꼭지에 호수를 연결했다. 불을 끄려고 호수를 이용하려는 순간, 벌 떼들이 윙윙거리며 새까맣게 날아들었다.

"저건 또 뭐야?"

두 사람의 눈이 튀어나올 듯이 커졌다.

벌 떼를 몰고 나타난 노빈손

 "손커스먼의 얼굴을 향해서 정면으로 날아가!"

"알았어!"

노빈손은 하나마나의 등 위에서 손커스먼의 얼굴을 향해 거미줄이 달린 화살을 쏘았다. 화살은 정확히 손커스먼의 이마에 꽂혔다.

손커스먼이 비명을 질렀다.

"앗, 따가워!"

노빈손은 화살에 매달린 거미줄을 꽉 붙잡았다. 몸이 부웅 떠오르더니 그대로 손커스먼의 얼굴을 향해 날아갔고, 얼굴에 세차게 부딪히는 바람에 그만 거미줄을 놓치고 말았다.

가까스로 코를 붙들었으나 꿀물에 의해서 밑으로 쭉 미끄러졌다. 노빈손의 뒤를 쫓다가 꿀을 발견한 벌 떼들이 손커스먼과 배브로의 얼굴을 향해 달려들기 시작했다.

"으악! 벌 떼다!"

노빈손은 손커스먼의 두툼한 입술을 붙들었다. 그러나 갑자기 풍겨 오는 지독한 냄새에 잠시 의식을 잃었다.

으으! 똥 냄새!

가까스로 정신을 차려 보니 손커스먼의 옷 속으로 미끄러져 내리고 있었다. 그러다 무언가에 세차게 부딪혔다. 가까스로 정신을 차려 붙들고 보니 젖꼭지였다. 그 순간, 귀에 익은 음성이 들려왔다.

"노빈손! 여기 숨어 있었구나!"

고개를 돌려 보니 자피주오였다. 팔을 붙들려고 자피주오가 앞다리를 내밀었다. 노빈손이 재빨리 손을 놓자 주르륵 미끄러지다가 분지 같은 곳에 멈췄다. 위치를 보니 배꼽이 분명했다.

손커스먼과 배브로의 다급한 목소리가 어지러이 들려왔다.

"벌 떼를 어떻게 좀 해 봐!"

"달아나면 어떡해? 불을 꺼야지!"

"몰라! 가렵고 따가워서 미치겠어!"

"에이 나도 모르겠다! 일단 도망가고 보자!"

잠시 뒤, 지진이 일어난 듯 몸이 출렁거렸다. 수많은 개미들이 그 바람에 몸에서 주르르 미끄러졌다. 노빈손은 떨어지지 않기 위해서 필사적으로 배꼽 속으로 파고들었다.

> **꿀벌이 방향 감각이 뛰어난 이유는?**
> 귀소 본능이 뛰어난 동물은 몸 안에 마그네타이트(산화철)를 지니고 있어. 지구 자기장을 이용해 방향을 찾아내는 거지. 꿀벌도 몸에 마그네타이트를 지니고 있는데, 신경 세포가 촘촘하게 몰려 있는 신경절 바로 아래에 가장 많이 집중되어 있대. 그래서 벌통으로 돌아온 꿀벌이 동료들에게 꽃의 위치를 춤으로 정확히 알려 줄 수 있는 거야. 길을 잃을 위험도 전혀 없는 거지.

"아이고 배야! 벌한테 쏘였는데 왜 이렇게 웃음이 나오는 거야!"

손커스먼이 울고 웃으며 달리기 시작했다.

"노빈손! 여기 숨어 있으면 못 찾을 줄 알고?"

고개를 드니 뱃살 틈에서 자피주오가 회심의 미소를 짓고 있었다.

"허걱!"

노빈손은 배꼽에서 풀쩍 뛰어내렸다. 마치 미끄럼틀을 타듯이 허벅지를 타고 쏜살같이 밑으로 내려갔고, 땅으로 툭 떨어졌다.

한참 후, 정신을 차리고 돌아보니 두 거구가 지축을 흔들며 지나간 자리에 무언가 떨어져 있었다. 노빈손이 재빨리 달려가 보니 『마법완전정복

문제집』이었다.

"앗싸! 이제 살았다!"

친구를 위해 용기를 발휘한 하나마나

노빈손이 안도의 한숨을 쉬고 있는데 하나마나가 다가왔다.

"빈손아, 건물에 불이 붙었는데도 메뚜기들이 달아날 생각을 안 해!"

"그래? 가 보자!"

노빈손은 하나마나의 등에 올라탔다. 학교 위로 날아가니 훨훨 불길이 타오르는 건물 앞에 세워진 메뚜기 동상이 보였다. 불길로부터 동상을 보호하기 위함인지 수많은 메뚜기들이 겹겹이 동상을 에워싸고 있었다.

"어떡하지?"

"메뚜기들을 흩어지게 하려면 저 동상을 반드시 없애야 해!"

"어떻게?"

"저기까지 불길을 끌어들일 수 있으면 좋을 텐데…"

노빈손이 곰곰이 방법을 궁리하고 있는데 나무속에서 집을 짓고 살던 흰개미들이 우왕좌왕하고 있는 게 보였다. 집을 잃은 수많은 흰개미들이 불길 속을 어지러이 뛰어다니고 있었다. 문득, 좋은 생각이 떠올랐다.

"사귈라비 누나 어디 있어?"

"학교 정원에!"

"그쪽으로 가!"

하나마나는 학교 뒤편에 학생들이 오래전에 만들어 놓은 화원을 향해 날아갔다. 사퀼라비는 해바라기 위에 앉아서 세월 좋게 불구경을 하고 있었다.

"누나! 꿀 남았어?"

"아니! 다 썼는데…."

"어떡하지? 꿀이 필요한데…."

노빈손은 잠시 고민하다가 마음을 굳혔다.

"어쩔 수 없어! 내가 나왔던 벌집으로 다시 가!"

"제정신이야? 거긴 완전히 벌집을 쑤셔 놓은 꼴이라고!"

"알아! 하지만 지금은 벌들이 총출동해서 감시가 소홀할 거야."

"그래도 안 돼! 다시 가면 화가 난 벌들이 널 가만두지 않을걸."

"그래도 가야 해!"

노빈손이 의지를 굽히지 않자, 하나마나가 단호하게 고개를 저었다.

"친구를 그토록 위험한 곳에 보낼 수 없어. 이번에는 내가 갈게!"

"네가?"

"그래! 앞발에 꿀을 잔뜩 묻혀 오면 되지?"

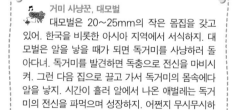

거미 사냥꾼, 대모벌
대모벌은 20~25mm의 작은 몸집을 갖고 있어. 한국을 비롯한 아시아 지역에서 서식하지. 대모벌은 알을 낳을 때가 되면 독거미를 사냥하러 돌아다녀. 독거미를 발견하면 독충으로 전신을 마비시켜. 그런 다음 집으로 끌고 가서 독거미의 몸속에다 알을 낳지. 시간이 흘러 알에서 나온 애벌레는 독거미의 전신을 파먹으며 성장하지. 어쩐지 무시무시하지 않아?

"위험해!"

"괜찮아! 내가 벌들보다 더 빨라!"

노빈손이 미처 말리기도 전에 하나마나가 허공으로 날아갔다.

가슴이 조마조마해 있는데 잠시 뒤, 하나마나가 상기된 얼굴로 날아왔다. 앞발에 꿀이 잔뜩 묻어 있었다.

"아, 무사했구나!"

불타 버린 메뚜기 대왕

 노빈손은 하나마나의 등에 올라탔다.

"낮게 날아서 건물 가까이 접근해!"

하나마나가 깜짝 놀라서 물었다.

"저 불길 속으로?"

"불길은 위로 타오르기 때문에 낮게 날아가면 그리 뜨겁지 않을 거야."

"그래도 어떻게…."

"왜 겁나서 못 하겠어?"

"아니! 두렵지만 해 볼게."

하나마나가 지면과 최대한 가깝게 해서 건물을 향해 다가갔다. 불길은 점점 빠른 속도로 밑으로 내려오고 있었다.

"기둥 앞쪽에다만 꿀을 발라!"

"알았어."

노빈손의 지시대로 하나마나가 기둥 밑 부분에다 꿀을 발랐다.

앞발의 꿀을 모두 바른 뒤 하나마나가 하늘 높이 날아올랐다. 잠시 후, 단것을 좋아하는 흰개미들이 기둥을 향해서 모여들었다. 머리 위에서는 불길이 타오르고 있는데 흰개미들은 꿀 묻은 기둥을 정신없이 갉아먹었다.

흰개미들이 갉아먹은 방향으로 불붙은 기둥이 설핏 기우는가 싶더니 와르르 무너져 내렸다. 불기둥은 정확히 메뚜기 동상을 향했다.

메뚜기들이 깜짝 놀라 소리쳤다.

"아, 안 돼!"

"얘들아, 대왕님을 구하자!"

수많은 메뚜기들이 동상을 에워쌌지만 소용이 없었다. 불기둥은 동상 위로 덮쳤고, 이어서 메뚜기 타는 냄새와 함께 밀랍이 빠른 속도로 녹아내렸다.

얼마쯤 지났을까? 밀랍에서 나던 괴이한 소리가 마침내 멎었다. 그제야 잠에서 깨어난 듯 메뚜기들이 뿔뿔이 흩어지기 시작했다.

"휴우―. 모두 끝났어!"

긴장이 풀린 노빈손은 운동장에 털썩 주저앉았다.

> 🎵🌺 **목조 건물의 골칫거리, 흰개미**
> 흰개미는 생김새가 비슷해서 '개미'라는 이름을 달고 있지만 개미와는 전혀 다른 곤충이야. 오히려 바퀴벌레와 가까운 친척이지. 2만여 년 전에 바퀴에서 갈라져 나왔거든. 흰개미는 주로 나무와 부엽토, 버섯 균 등을 먹고 살아. 목조 건물을 좋아하는데, 특히 오래된 건물을 좋아해. 그 안에서 살며 속을 갉아먹기 때문에 가정집은 물론이고 오래된 사찰에도 심각한 피해를 주지.

"지긋지긋하네. 제발 그만 좀, 따라와!"

손커스먼과 배브로는 벌 떼를 피해서 정신없이 달렸다.

빠른 속도로 회오리바람이 다가왔다. 낙엽이 솟구치는가 싶더니 잠시 뒤, 종이 한 장이 나풀거리며 떨어져 내렸고, 온 힘을 다해 달리고 있는 손커스먼의 얼굴에 철썩 달라붙었다. 손커스먼이 재빨리 종이를 손으로 움켜쥐었다. 종이에는 숫자가 잔뜩 적혀 있었다.

"이건 또 뭐야? 누가 더럽게 코 푼 종이를 버린 거야!"

손커스먼은 종이를 던져 버리고 다시 달리기 시작했다. 종이는 바람을 타고 두둥실 떠올랐다.

절대로 틀려서는 안 되는 문제

불길이 모두 가라앉은 숲은 고요했다.

노빈손, 고장차, 하나마나, 사귈라비가 『마법완전정복 문제집』을 둘러싸고 있었다. 그들의 표정은 하나같이 심각했다.

"해답지는 대체 어디에 있는 걸까?"

"나도 모르지!"

노빈손의 혼잣말에 고장차가 생각 없이 대답했다.

"놀이동산에서 해답지를 우연히 손에 넣었다면서?"

"그랬었지! 근데 말숙이가 달라고 해서 줬어."

"그럼 말숙이가 갖고 있는 거야?"

"아니! 말숙이가 코를 풀어서 쓰레기통에 넣으려는 순간, 회오리바람을 타고 공중으로 날아가 버렸어."

고장차가 길게 한숨을 내쉬었다.

"휴우―. 그럼 우린 어떡하지?"

"일단 찍어 보자. 사지선다형이니까 확률은 25%야."

"만약에 틀리면?"

"그럼 다시 찍으면 되지!"

"좋아! 문제를 읽어 봐."

노빈손은 문제지 위로 올라가서 짧은 다리로 걸음을 옮기며 한 자씩 읽었다.

"499번 문제! 곤충에서 다시 사람으로 변신하려면 어떻게 해야 할까요?"

"긴장된다. 빨리 읽어!"

"그런데 괄호 치고 주의 사항이 있어."

"주의 사항?"

"만약 오답으로 약을 제조해서 복용할 경우, 약의 부작용으로 인하여

🎵 활로 파리를 맞힌다?
독일의 대문호인 쉴러가 쓴 『빌헬름 텔』이라는 희곡에 보면 빌헬름 텔이 아들의 머리 위에 사과를 올려놓고 활로 쏴서 맞히는 장면이 나와. 대단한 명사수이기는 하지만 동명왕에게는 비할 바가 아니지. 동명왕은 아주 어렸을 때 파리가 귀찮게 한다고 어머니께 활을 하나 만들어 달라고 부탁해서 그 활로 물레에 앉은 파리를 맞추곤 했대. 그래서 활을 잘 쏘는 사람이라는 의미의 '주몽' 이라고 불렸대.

머리카락이 모두 빠질 수 있습니다."

"뭐야?"

고장차가 자신의 머리를 두 손으로 움켜쥐었다. 노빈손도 몇 올 남지 않은 머리카락을 손가락으로 어루만지며 비명을 질렀다.

"으악! 이 문제는 틀려선 안 돼! 절대로, 절대로, 절대로!"

머리카락과는 전혀 상관없는 하나마나가 답답했는지 자꾸 재촉했다.

"머리카락이 없으면 어때서 그래? 빨리 문제나 읽어 봐."

"난 도저히 못 읽겠어."

노빈손이 떨리는 목소리로 말했다.

"그럼 내가 읽을게."

고장차가 눈을 굴리다가 벌떡 일어나서 문제를 읽었다.

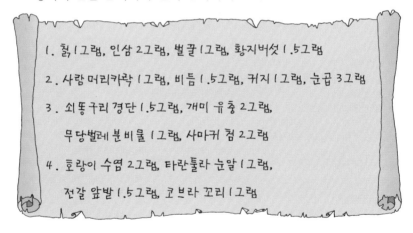

1. 칡 1그램, 인삼 2그램, 벌꿀 1그램, 황지버섯 1.5그램

2. 사람 머리카락 1그램, 비듬 1.5그램, 귀지 1그램, 눈곱 3그램

3. 쇠똥구리 경단 1.5그램, 개미 유충 2그램,
   무당벌레 분비물 1그램, 사마귀 침 2그램

4. 호랑이 수염 2그램, 타란툴라 눈알 1그램,
   전갈 앞발 1.5그램, 코브라 꼬리 1그램

하나마나가 말했다.

"아무래도 난 1번 같아. 몸에 좋은 걸 먹어야 다시 사람이 되지 않겠

어?"

그러자 사귈라비와 고장차가 차례대로 찍었다.

"난 4번. 만물의 영장인 인간이 되기 위해서는 저 정도 위험쯤은 감수해야 될 거 같아!"

"3번이 정답이야! 곤충의 허물을 벗기 위해서 반드시 필요한 약제야."

노빈손은 심각하게 고민하다가 조심스럽게 생각을 말했다.

"2번이 답이 아닐까? 인간의 분비물을 통해서 다시 인간으로 돌아가는 거지!"

넷은 서로 자기 말이 정답이라고 티격태격하다가 제비를 뽑았고, 결국 3, 2, 4, 1번 순으로 약제를 만든 뒤, 복용하기로 결론을 내렸다.

과연 노빈손과 고장차는 무사히 인간 세계로 돌아갈 수 있을까?

곤충들의 영원한 친구 노빈손

숲은 평화를 되찾았다.

하나마나는 큰턱을 손질하며 오늘도 참나무 꼭대기에서 하늘을 올려다본다. 예전처럼 하늘이 무너질까 봐 걱정스러워서가 아니다. 파란 하늘을 올려다보며 지금은 인간 세계로 돌아가 버린 용감하면서도 멋진 친구 노빈손을 그리워한다.

사귈라비는 숲을 팔랑팔랑 날아다니며 미팅에 열중하고 있다. 들리는 소문에 의하면 안타깝게도 땅강아지와는 성격 차이로 파혼했다고 한다. 가을이 오기 전에 새로운 약혼자를 찾기 위해 분주히 숲을 헤집고 다니고 있다.

허무하당은 얼마 전 히말라야로 홀로 여행을 떠났다. 산 중턱에 쌓여 있는 염소 똥 위에서 명상을 할 계획이다. '허무한 똥파리 인생'의 의미와 '우주의 진리'를 깨달을 때까지 숲으로 돌아오지 않을 작정이다.

다알지옹은 내년이면 최고령 매미가 된다. 잔치를 준비하기 위해서 세계 각국에 퍼져 있는 친지들에게 연하장을 보내는 한편, 잔치 장소를 물색하고 있다. 매미 울음소리가 멋지게 울려 퍼져야 하고 워낙 자손들도 많아서 적당한 장소를 찾는 데 어려움을 겪고 있다.

자피주오는 허리살 빼기 작전으로 발로 뛰는 수사 방식을 공식적으로 선언하고 행복동 노인정 붕괴사건을 해결하기 위해서 골머리를 앓는 중이다. 목격자인 잠자리에 의하면 범인은 빨간 티셔츠에 하늘색 반바지를 입은 소년이라고 한다. 혹시, 행복동 노인정을 붕괴시킨 소년을 알고 계신 분은 연락 바람!

동그란 눈을 굴리던 백치미 고장차는 다시 햄버거 운전사가 되었다. 배달이 끝나면 가끔씩 숲을 거닐면서 풀잎으로 피리를 만들어서 분다. 소음을 이기지 못해서 주변 사람들과 짐승, 곤충들이 100리 밖으로 달아날 때까지. 그는 착실히 돈을 모으고 있는데 내년 봄에 '진짜 맛있다 햄버거집'을 개업할 계획이다.

손커스먼과 배브로는 지금도 벌에게 쫓기며 산 속을 달리고 있다. 금강

산 관광객의 목격담에 의하면 두 사람의 몸매는 믿기지 않을 정도로 늘씬해져 있다고 한다. 지금은 금강산을 넘어서 백두산을 향해 달려가고 있는 중이다.

우리의 주인공 노빈손은 모처럼 만에 한가로운 시간을 보냈다. 하마터면 모두 잃어버릴 뻔했던 몇 올 남지 않은 머리카락을 손질하면서.

그러나 평화는 오래 가지 못했다. 모험담을 전해 들은 말숙이가 인터

넷 사이트에 '곤사마'를 만들었기 때문이다. '곤충을 사랑하는 마녀들의 모임'으로 평일에는 곤충에 대한 정보를 주고받고, 주말이 되면 숲을 찾아가서 곤충들을 가까이서 관찰한다. 노빈손은 오늘도 말숙이의 조수 노릇을 하느라 분주히 뛰어다니고 있다.

추적 다큐멘터리

- 곤충의 일생

　탄생에서 죽음까지! 노빈손 다큐멘터리팀은 부실한 카메라 장비에도 불구하고, 오로지 진실을 밝히겠다는 열정 하나로, 곤충들의 일생을 추적해 보았습니다. 과연 곤충은 어떤 삶을 살아가고 있을까요? 그들은 인간보다 행복한 일생일까요, 불행한 일생일까요? 지금부터 곤충의 일생을 낱낱이 파헤쳐 보겠습니다.

✿ 하나. 시간아, 제발 좀 빨리 가라!

　포유류는 새끼를 낳지만 곤충은 알을 낳습니다. 암컷은 훗날 애벌레가 알을 깨고 나왔을 때를 대비해서 먹이 식물 근처에다 알을 낳아 둡니다. 알은 종에 따라 생김새도 다양합니다. 가장 일반적인 생김새는 원형이나 타원형입니다.

　보통 곤충의 알은 두 겹입니다. 겉껍질은 딱딱한데 작은 구멍이 나 있습니다. 이 구멍을 통해서 정자와 난자가 들어가서 합쳐집니다. 속껍질은 큰핵과 세포질을 둘러싸고 있습니다. 시간은 뭉게구름처럼 천천히 흘러갑니다. 많은 알들이 곤충이나 동물의 먹이가 됩니다. 그러나 운 좋게 살아남은 녀석은 알 속에서 애벌레가 될 때까지 묵묵히 기다려야만 합니다.

✿ 둘. 여기가 지구 맞나요?

　애벌레가 최초로 시도해야 할 일은 껍질을 깨고 나오는 겁니다. 매미 애벌레가

막 알을 깨고 나와서 사방을 둘러봅니다. "아저씨, 여기가 지구 맞나요? 왜 이렇게 깜깜하죠?" 후후! 그럴 수밖에요. 매미 애벌레가 깨어난 곳은 나무껍질 속이니까요. 이제 매미 애벌레는 땅속으로 들어가서 오랜 세월을 견뎌야 합니다. 식물 뿌리의 즙을 빨아먹으면서요. 대부분의 애벌레들은 충분한 영양을 섭취하며 이 시기를 보냅니다. 애벌레는 영양가가 높아서 새들이나 다른 곤충의 표적이 됩니다.

✿ 셋. 꿈꾸는 번데기

나비, 벌, 파리, 딱정벌레 등과 같이 완전탈바꿈을 하는 곤충들은 번데기 시절을 보내야만 합니다. 불완전탈바꿈을 하는 곤충들과는 달리 번데기 시절을 보낸 곤충들은 생김새가 완전히 바뀝니다. 그래서 이 녀석들은 먹지도 움직이지도 않으면서 오로지 꿈만 꿉니다. "아, 나는 어떤 모습으로 다시 태어날까? 장동건이나 전지현처럼 멋진 모습이어야 할 텐데…."

불완전탈바꿈을 하는 곤충들은 번데기 시절을 보내는 대신, 계속 허물을 벗으면서 몸집을 키웁니다. 사마귀 한 마리가 강물을 보며 우람한 알통을 자랑하고 있습니다. 점점 멋지게 변해 가는 자신의 몸매가 만족스럽나 봅니다.

✿ 넷. 날자, 멋지게 날아 보자꾸나!

앗! 사슴벌레 한 마리가 번데기를 벗고 나오려고 하고 있습니다. 무척 힘들어

보이네요. 사슴벌레의 우화는 빠르면 40분, 길면 24시간이 걸리기도 합니다. 번데기 속에서 나와도 나비처럼 곧바로 날아다니지 않습니다. 몸이 딱딱하게 굳기를 기다립니다. 종에 따라서 다르지만 빠르면 7일, 늦으면 3개월

을 지낸 뒤 바깥세상으로 나가 비행을 시작합니다.

불완전탈바꿈을 하는 곤충들도 마지막 허물을 벗고서 비행을 준비합니다. 매미들은 보통 햇볕과 천적을 피해서 한밤중에 탈바꿈을 시도합니다. 오랜 인고의 세월을 보낸 매미가 힘차게 날아오릅니다. 아, 정말 생명이란 신비롭습니다!

✿ 다섯. 짧지만 화려한 청춘

성충이 된 곤충들은 이제 저마다의 방식으로 짝을 찾아서 짝짓기를 해야 합니다. 누군가를 만나서 사랑을 나눈다는 것은 가슴 떨리는 일입니다. 곤충들의 짝짓기도 그렇습니다. 곤충의 일생에서 가장 중요한 일은 바로 짝짓기입니다. 4억 3천만 년 동안 곤충이 지구에서 살아남을 수 있었던 비결이기도 하지요.

잠자리 두 마리가 풀잎 위에서 짝짓기를 하고 있네요. 모양이 상당히 특이합니다. 암컷이 수컷의 꼬리를 붙든 채 수컷의 가슴에다 자신의 꼬리를 갖다 대고 있습니다. 낭만적인 시간이 끝나자 암컷이 물 위에다 알을 낳네요. 그런데 수컷이 그 주위를 날아다닙니다. 알을 낳는 암컷을 보호하기 위해서입니다.

🐞 여섯. 애들아, 안녕!

짝짓기를 마친 대부분의 곤충들은 짧은 기간 안에 죽음을 맞습니다. 호랑나비 한 마리가 잎에 매달린 채로 일생을 마쳤네요. 참나무 아래에는 매미 한 마리가 떨어져 있습니다. 몸은 딱딱하게 굳어 있는데 얼굴에는 잔잔한 미소가 흐르고 있군요.

아마도 짝짓기와 알 낳기를 무사히 마친데 대한 안도감 때문이겠지요. 이들의 시체는 조만간 작은 곤충들이 먹어 치우겠지요. 그러나 이들이 낳아 놓은 알 속에서는 새로운 생명이 꿈틀거리고 있을 겁니다.

잘 보셨습니까? 인간은 성인으로 오랜 세월을 보내는 반면, 곤충은 성충으로 짧은 시기를 보냅니다. 그럼에도 불구하고 곤충의 삶이 행복하게 보이는 것은 왜일까요? 아마도 죽음은 끝이 아닌 또 다른 시작이기 때문일 겁니다. 겨울이 가면 봄이 오듯이 곤충은 죽음과 탄생을 반복하면서 우리 곁에 오랫동안 좋은 친구로 함께할 것입니다.

권우의 황당한 곤충 관찰일기
- 넌 누구냐

이름 : 알 수 없다.

채집한 곳 : 지리산 피아골

생김새 : 등뒤에 날개가 있었다는 흔적이 있음. 떨어져 나가고 남은 자국 같음.
흔적을 자세히 들여다보니 자연스럽게 떨어진 게 아니라 억지로 떼어낸 건 같기
도 함. (혹시 곤충 나라에도 자해 공갈단이 있는 건 아닐까?)

무언보다 내 눈을 끈 건 머리 모양! (정말 특이하다!) 머리를 꼿꼿이 치켜들 수 있
고, 좌우로 돌릴 수 있는 곤충은 사마귀가 유일한 것으로 알았는데 나의 상식을
뛰어넘었음. 이 녀석은 사마귀도 아닌 건이 머리가 클 뿐만 아니라, 그 큰 머리를
쳐들고 있음. 게다가 더듬이가 4개가 있는데, 돌연변이 나비같이 생긴 주제에
웬 더듬이가 4개씩이나? (아무리 봐도 수상해서 더듬이를 뽑으려 하니까 펄쩍펄쩍 뛴다.
뭐라고 항변하는데 분위기를 보니 꼭 욕하는 건 같다. 아무래도 길이 안 좋은 곤충 같다.)

생태 : 먹이 - 궁금해서 비듬을 던져줘 봤다. 그랬더니 아예 드러내 놓고 요란하
게 꼬물거림. 분노에 찬 춤사위랄까. (이 녀석 이거, 사람이라면 생바람 잡을 녀석일세!)
그래서 이번에는 초코파이를 조금 떼어서 던져 줌. 며칠 굶은 건처럼 게걸
스럽게 먹어 치움. (녀석이 군대를 왔나. 군인 형들이 초코파이라면 사족을 못 쓴다고
들었지만 곤충도 그런 건지는 처음 알았다) 그래, 그 덩치에 네가 먹어 봤자 얼마나 먹겠
느냐 싶어서 계속 조금씩 떼어 줌. 그런데 도저히 믿을 수 없는 일이
벌어짐. 덩치는 손톱만한 녀석이 커다란 초코파이를 다 먹어 치
움. (도대체 그 많은 음식을 어디로 먹어 치운 걸까? 머리만 큰 게 아니라 위장도 큰 거냐?) 얼

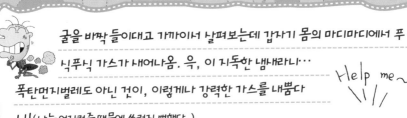

굴을 바짝 들이대고 가까이서 살펴보는데 갑자기 몸의 마디마디에서 푸

닉푸닉 가스가 새어나옴. 윽, 이 지독한 냄새라니…

폭탄먼지벌레도 아닌 건이, 이렇게나 강력한 가스를 내뿜다 Help me~!!!

니!(나는 어지럼증 때문에 쓰러질 뻔했다.)

감상 : 아, 곤충의 세계는 정말 신비롭다! 이렇게 이상야릇한 곤충이 지구에 살고

있다니… 천연기념물로 지정해야 하는 게 아닐까?

비고 : 숲에서 놀다가 집으로 돌아갈 시간이 되어서 채집한 곤충을 놓아주었다.

관찰일기 숙제 때문에 집으로 가져오려다가 그냥 포기했다. 냄새도 지독하고,

당최 학교에서 배운 곤충들하고는 전혀 관계가 없는 녀석이다. 괜히 숙제만 망칠

것 같다. 그렇지만 그새 정이들었다는 표시일까. 헬멧 쓴 것 같은 녀석이 숲으로

돌아가지 않고 자꾸만 달라붙는다. 바지자락에 붙어서 떨어지려 하지

않는다. 초코파이도 다 떨어졌는데, "이 녀석아!" 소리를 버럭 질렀지

만, 녀석은 큰머리를 흔들며 분노의 춤사위를

펼쳤다. 아, 녀석을 떼어 놓느라

엄청 고생했다.

꿩 대신
닭이 아니라
사슴벌레 대신
빈손이겠지!

제발
빈손으로
산에서
내려가자오!

음…
괜히
잡았나?

＾＾

임시이름 : 떠벌레
특징 : 더듬이 네개

↑
권〇우

환경오염이 심각해지면서 많은 동식물들이 사라지고 있어.
우리가 좋아하는 장수하늘소, 상제나비, 쇠똥구리도 지금 멸종 위기에
처해 있대.
이렇게 계속 환경이 오염되면 우린 징그럽지만은근 귀여운 곤충들을 못 보게 될지도 몰라.
우리가 환경을 지키기 위해 뭘 할 수 있을까?
아래 사이트는 환경을 지키는 사람들의 모임이야. 한번 들어가 보지 않을래?

세계야생동물 기금 협회 http://www.wwf.org

세계에서 가장 규모가 큰 국제 민간 환경 단체야. 멸종 위기에 처한 동식물을 지키기 위해 노력하는 곳
이지.

그린피스 http://www.greenpeace.org

핵실험 반대를 위해 처음 만들어진 단체야. 지금은 세계의 환경오염 문제에 대해 가장 공격적으로 나
서서 저항하는 모임이기도 하지.

환경운동연합 http://www.kfem.or.kr

우리나라에서 일어나는 다양한 환경문제를 위해 일하는 단체야. 이 사이트에 가면 환경을 위해 고쳐야
할 습관도 알 수 있고, 어려운 환경 용어들도 쉽게 배울 수 있어.

녹색연합 http://www.greenkorea.org

시민들이 모여 백두대간 보전 운동, 핵 발전소 반대 운동 등 여러 가지 환경운동을 하는 곳이야. 이곳
에 유익한 환경 이야기들이 많이 있어.

환경정의 http://www.eco.or.kr

토지, 대기, 물, 먹을거리와 유해물질 등의 분야에서 환경정의를 이루기 위해 활동하고 있는 단체야.

곤충들을 더 많이 만나 보고 싶다면 이곳으로~
홀로세생태학교 http://www.holoce.net
한국의숲 http://www.forestkorea.org
충우 http://www.stagbeetles.com